Prólogo

Jorge Mañach, uno de nuestros más eminentes pensadores, en su "Indagación del Choteo", analiza desde distintos ángulos la gracia de los cubanos y señala que el tema es tan multifacético, así como sutil, que escapa a cualquier clasificación. Porque ese humor, que incluye al "Choteo", es tan creativo como inagotable, y ofrece distintas manifestaciones. Pero el espíritu burlón de los cubanos sabe encontrar siempre sus límites para evitar el mal gusto.

Y es que nosotros cultivamos un humor muy distinto al de otras latitudes. Necesitamos un destinatario, que sirva de blanco a toda suerte de dardos, irónicos unas veces, hilarantes las más.

En ocasiones ese blanco no es un individuo sino una institución, un grupo, una comunidad. Y como el medio que, obviamente, más conocemos es en el que nacimos y vivimos, ese medio resulta una fuente riquísima de personajes y de hechos que brotan para saciar nuestra sed de humor.

Un notable ejemplo de cómo las costumbres de un pueblo pueden encontrar intérpretes altamente dotados de ingenio, es el de Jorge R. Plasencia, quien al estilo de los más agudos escritores de nuestra patria, evoca en las distintas situaciones que a modo de viñetas componen este libro, las características más salientes de su tierra, de su gente, de sus hábitos y de sus realidades y sueños.

Plasencia — como muchos humoristas — es el más serio de los observadores de su contorno. Ayer, de Cuba. Hoy, de Miami. Porque él es otro de los hombres que dejaron atrás un país en el que se reía y disfrutaba de las excelencias de la vida y que ahora guarda en su interior melancolías y recuerdos que convierte en graciosas pinceladas festivas.

Su lenguaje es netamente cubano, como su visión del vecino más próximo, del supermercado latino, de los clásicos barberos, del insaciable comensal del arroz con frijoles y de otros mil seres y lugares que encuentra fácilmente en su memoria o al doblar una esquina. Hay tan tremendo desafío a la seriedad en sus escritos que difícilmente pueda uno economizar risas al seguir la línea de sus relatos.

Por todo eso me complace recomendar la lectura de estas páginas que previamente hallaron difusión en un periódico local, con la aceptación que era de esperarse. Me confieso un admirador de Plasencia. Quien leyere su prodigioso humor, justificará seguramente ese entusiasmo que es tan genuino como el sabor de los artículos de un autor que, como ya dije, toma muy seriamente la difícil vocación de hacer reir.

LUIS J. BOTIFOLL

La Banca Moderna

La banca de este país se ha modernizado extraordinariamente en los últimos años, no sólo en apariencia exterior, sino también en su operación interna. Estamos en plena era del "automatismo" y el "computer" campea por su respeto en los bancos del área. En la Cuba de ayer el movimiento de modernización de los bancos, en lo que se refiere al aspecto físico de sus oficinas, se inició a fines de la década del 40, ejemplos: El Trust Co. de Cuba, El Banco Núñez, el Continental, etc. Pero todavía quedaban algunos bancos chapados a la antigua, como el Industrial, el antiguo Banco de Comercio y el Gelats, considerado éste por muchos, como el Gibraltar de la banca cubana de otrora. Entraba usted en uno de estos últimos bancos y sentía el impulso a la genuflexión, dado su aspecto interior de iglesia, aunque sin santos, por supuesto. El banquero del tipo Gelats, siguió añorando la visera, los puños postizos y los trajes negros de alpaca. Y el agua con panales del Anón del Prado. Hubiera seguido tomando toda su vida la Gaseosa Chichipó, si no hubiera desaparecido ésta por el empuje de Cawy y Salutaris. Su carácter serio, inspirador de respeto, lo hacían candidato ideal para Directivo de bailes del Centro Gallego o del Centro Asturiano. Lo que no pudo lograr nunca en Cuba un español o un cubano, lo consiguió aquel ciclista alemán que unió los dos famosos Centros Regionales por medio de un cable y pasó sobre él, montado en su bicicleta, de un Centro al otro. Después del acto, volvió la separación. Lo más común que tenían en Cuba el Gallego y el Asturiano, era su debilidad por la canela. No había país latinoamericano donde mejor se llevara el nativo con el español, que en Cuba. Yo atribuyo ese éxito a dos factores: uno, la labor personal que en tal sentido hiciera Máximo Gómez al concluir la guerra de independencia; el otro, el teatro vernáculo con el gallego, el negrito y la mulata. Ese mismo teatro sirvió además para que, riéndonos, nos integráramos racialmente. Suaritos, que contaba entre sus anunciantes a muchos españoles, siempre se preocupó por mantener un equilibrio perfecto entre los anuncios de la fabada asturiana con los chorizos Nalón y el caldo gallego "rompecerca verdad". Suaritos fue un fanático de la repetición del mismo anuncio. Esto explica que aquel de "no es lo mismo alto quien vive que quien vive en los altos" lo mantuviera sin variación en su texto por más de 25 años, y aquel otro "Agua le pido a mi Dios... Ese le pide agua a su Dios, otros se la piden al alcalde y yo se la pido a San Agustín por los teléfonos: XO-2383 y XO-2384". Pero volviendo a los bancos modernos de esta área. Aquí los anuncios de algunos bancos ponen mucho énfasis en la "banca personalizada" cuando lo cierto es que cada día se convierten más en la "banca mecanizada". Mi amigo Roberto necesitó hablar recientemente con su banquero personal y en lugar de recibir el saludo que él esperaba, como: ¿Qué tal, amigo Roberto?, el banquero lo más que hizo fue mirarlo con cara de "si te he visto no me acuerdo". Lo más desconcertante que puede pasarle a uno que va a su banco a cambiar un cheque contra su propia cuenta, seguro de que tiene fondos en ella, es que le digan: "Lo siento, pero no puedo cambiárselo porque el "computer" está "down", por favor, siéntese y espere". Menos mal que para los que estén apurados todavía existen markets como El Varadero. Por suerte, aún quedan por acá algunos banqueros de la vieja guardia que le levantan a uno el espíritu dándonos la impresión que hemos llegado a nuestra casa. Este banquero sí nos saludará con un: "Qué pasa Pepe, cómo siguió la Vieja", y nos resuelve aunque el "computer" esté "down". Ojalá que este tipo de banquero se mantenga ahí por muchos años, por lo menos, los que yo viva.

(1-22-81)

El Market Cubano

El market cubano del exilio es un producto híbrido, mezcla de nuestra bodega cubana de ayer y el supermarket americano. Sin el mostrador de caoba. Ni el gallego ni el sobrín. Sin los tres kilos de café y dos de azúcar. Sin la "contra" o "ñapa". Sin aquello de "Belarmino, dice Mima que se lo apunte que ella le paga mañana". "Vive Dios"! Falta el limpiabotas dicharachero con sus chistes. Y el billetero del 33 para comprarle un pedacito de ilusión hasta el día del sorteo. Cándido se hubiera hecho millonario en el exilio si aquí se jugara la lotería, dado la abundante fuente de cábalas que produce Miami. Imagínense a Cándido vendiendo el 83, el 64 y el 68. Falta también el puestecito de ostiones. Algunos cubanos atribuyen al ostión, facultades estimulantes de la actividad sexual. El ostión del exilio es la KH3. Heredó, sin embargo, el market cubano. hasta la última célula, el genes creador del olor a especias, a clavo, orégano y comino. Ni Medina, ni Badía, ni Espiga, han podido inventar un envase que "ataje" el olor a comino. La sección del market cubano que nos trae más recuerdos del ayer, es la carnicería, que aquí, se integró al market. El carnicero cubano es el único empleado del market que tiene "chance" de tirar algún que otro piropito a la parroquiana que lo merece y que aquí, como allá, abunda en cantidad. El carnicero del exilio es más confidente que el que existía en nuestra Cuba. Está más al tanto de los chismecitos del barrio. ¿Por qué será que al despacharnos la mercancía siempre "se le va" un poquito de más? Después nos dirá con cara más bondadosa que la de San Antonio, que vamos bien despachados, como si nos estuviera regalando el exceso. En la carnicería cubana se reúnen los íntimos del carnicero para tomarse una "fría" en su cartuchito y comentar la actualidad mientras se termina de asar el pollito o la paletica. Cuando en una carnicería vea usted una cola muy larga, puede jugársela al canelo que el jamón está en "special".

Hace unos días dos señoras ya entradas en años, vecinas mías en una de esas colas, conversaban animadamente. Decía una: "Chica, hay que hacer estas colas por largas que sean porque el jamón, resuelve. Yo lo sigo por toda la "sagüesera" y cuando me entero donde está en venta, pa' ya voy como un fusilazo". La otra señora asentía y añadía: "No, no. La verdad es que al "steak" no hay quien le entre". La primera señora, concluía: "El otro día me decía una señora que vino hace poco de allá, y que pa' mi gusto no anda muy claro, que estas colas le recordaban a las que dejó en Cuba, a lo que yo le contesté: sí, efectivamente, con la única diferencia que en estas colas de aquí cuando le llega su turno, usted encuentra el jamón". El "special" del jamón, discrimina al cliente que tiene alto el colesterol. El carnicero cubano los domingos sintoniza, invariablemente, el programa Música de mi Tierra de Pimentel Molina. Parece que la combinación de la cervecita fría con el fondo musical de un danzón de Cheo Belén, lo ponen que "corta"!

(1-29-81)

Las Dietas

El hambre es mala consejera. El amor entra por la cocina. Barriga llena, corazón contento. Para nosotros los cubanos éstos fueron axiomas irrefutables a través de los siglos. Hasta que llegamos a este país. Y empezamos a ver la televisión con modelos sin carne para una empanada, y flacos y flacas por todas partes. Y comenzó la infelicidad de los que veníamos con unas libras de más. En los primeros tiempos del exilio, no fue tan importante el asunto, pues había que sobrevivir y comer lo que encontráramos, como carne en lata del refugio, harina de maíz, frijoles y hasta piedra. Pero cuando comenzamos a "independizarnos" y a "presumir", ahí se inició la tragedia de la dieta que cada día se ha ido agudizando más. Comenzamos la cuenta regresiva de las calorías. Los vocablos "carbohidratos" y "proteínas" que en Cuba sólo oíamos en los anuncios de Kresto y Bobak, adquirieron categoría de palabras sagradas. Nos metimos a hacer "jogging" para estar en la línea sin detenernos a pensar que éste, en exceso, puede mandarnos al I.C.U. de cualquier hospital. Mi abuelo vivió 103 años y nunca corrió ni para guarecerse de la lluvia. En nuestros tiempos, las futuras mamás se sobrealimentaban con Maltina Tívoli y leche condensada. Con yemas de huevos y vino dulce. Con ponche de leche, huevo y canela. Aquí las que están "expecting" se mantienen más delgadas que antes de empezar el estado de gestación. En estos lares hay mucha gente flaca a base de una dieta estricta. Llevan el hambre y la ansiedad reflejadas en sus rostros. Caras lánguidas y tristes. Recobrarían la alegría y la sonrisa con un buen plato de caldo gallego o de patas a la andaluza. O con un congrí con masas de puerco y yuca con mojo. Yo siento pena por esos hogares donde ambos padres están a dieta. Donde no se enciende el fogón y viven a base de "hierbitas" y Diet Pepsi. Pobres hijitos que "sin comerla ni beberla" tienen que sufrir las consecuencias. Madison Avenue en New York, donde radican las más importantes agencias publicitarias de este país, nos vendió la idea de la "delgadez" sin darnos "chance" a regatear. Y la Engañadora de Prado y Neptuno, al llegar a Miami, botó las almohaditas al mar porque ya no las necesitaba más.

Estos publicitarios parece que nunca fueron a Roma donde el "pellizquito" lo inspira la "masita" y no "el huesito". Las personas que están delgadas a base de dieta suelen criticar a los gordos. Debe ser que como sufren porque no comen, quieren que el gordo sufra porque comió. Hace unos días una señora de porte distinguido y en la línea, que hacía sus compras en el market, se detuvo frente a una humeante cazuela de tamales. —"¡Ay, que ricos, tamales en su hoja!, ¿A cómo son, señor?" —"A 50 Kilos señora". —"Ay, yo me los compraría, pero temo que me engorden"... "—Señora, cómprelos y cómaselos que el problema no es engordar, sino tener hambre y no tener qué comer." A los que están a dieta, el día que comen algo caliente, por simple que sea, les sabe a gloria. Es que como dijera Sancho en frase inmortal: "No hay mejor salsa que el hambre". Yo quisiera saber cómo se las hubiera arreglado Goya para pintar sus famosas Majas si en vez de vivir en el siglo XVIII lo hubiera hecho en estos tiempos de las Petulas Clark, las Tweegys y las Cheryl Tiegs...

(2-5-81)

Mi Barbero en el Exilio

¡Qué lealtad aquella que profesábamos en Cuba a nuestro barbero! Comparable sólo a la que mostrábamos por el Almendares o el Habana. O el dulce de guayaba con queso. Con el corre corre de aquí no queda tiempo para nada y a veces tenemos que pelarnos en la primera barbería que encontremos. A pesar de éso, siempre trato de ir con el primer barbero que tuve al llegar a Miami. En primer lugar, por lo de la lealtad y en segundo término, para disfrutar de sus "monólogos". Su barbería es una especie de teatro cubano. A mi barbero sólo hay que darle un poquito de cuerda y "allá va éso, gallego!" En mi visita anterior saqué a relucir el tema de los tranvías de La Habana de nuestra época. Ni qué decir que me paseó por todos sus barrios. Tomamos el U-4, el U-2, el M-5 y el V-5 que pasaba cerca de las Ursulinas, por donde él, casualmente tenía entonces una "gevita" que era la candela y bailaba "que se acabó", etc. En esta última visita le toqué el tema de la música popular cubana. Me habló de Piñeiro y su contrabajo, del Sexteto Nacional y del Habanero. De Barroso, de Pablo Quevedo. De la conmoción que se formó cuando Aniceto Díaz creó su primer danzonete "Rompiendo la Rutina". Del pinareño Jacobo Rubalcaba y su Cadete Constitucional con los tres pitazos entre los dos montunos. Rubalcaba hizo el milagro de meter en un danzón, extractos de cuatro marchas marciales. Me habló de Silvio y su Masacre, de Belisario, Cheo Belén y la Sonora cuando alternaban en las giras de la Polar y la Tropical a las que él siempre asistía con su "gevita" de cerca de las Ursulinas. Agregó mi barbero que el cubano ha cambiado mucho en este exilio. "Tú sabrás —continuó diciendo—, "que la gente de la 'sagüesera' se está mudando para Westchester, los de Westchester para Coral Gables y los de Coral Gables para Cocoplón (así es como él dice). De ahí, no sé para dónde irán porque, más pa' allá, está el mar. Pero volviendo a lo de la música cubana. Aquí hay gente que han tirado al rastro del olvido los discos que tenían de nuestra música y los han sustituído por lo clásico. Ahora en vez de a Laserie, tienen a Pavarotti. En lugar de los cadenciosos danzones de Romeu, tienen las sinfonías de Beethoven. Y el "Serían las tres de la tarde cuando mataron a Lola", de María Teresa Vera, lo han cambiado por la Traviata de Verdi". El hombre seguía dando tijera y hablando. —¿"Tú sabes lo que le pasó a uno de estos compatriotas? Resulta que reunió en su casa a varias amistades "amantes" todas, como él, de la música clásica para que disfrutaran de unos discos de ópera que había traído de Italia y Alemania. El "paricito" llevaba andando ya como tres horas. El ambiente parecía más bien de velorio. No como los de aquí, sino como los de la edad media. De pronto el anfitrión se levanta y dirigiéndose a su selecta concurrencia le dice: Señoras y señores: como último número de esta inolvidable velada, les tengo reservada la más agradable de las sorpresas. Nada más y nada menos, que el disco que contiene la obra póstuma de Wagner, ejecutada por la famosa sinfónica de Munich. "Pero, chico, parece que al hombre se le habían trocado los discos, o se confundió de carátula o algo pasó, el caso es que en vez de la ópera de Wagner lo que salió por aquel tocadisco que estaba a "toa mecha", fue el son montuno de Arsenio, 'Quimbombó que rebala pa' la yuca seca'. ¡Mira, muchacho! ¿tú sabes cómo acabó aquello? Como guateque de solar del barrio de Jesús María. Es que la sangre "ñama" mi hermano. En cuanto oyeron al Rey del Tre..., a volina con la ópera —¿Quieres que te recorte un poquito las cejas?" —"No, gracias, que después me crecen más." Cuando me alejaba de la barbería me decía para mis adentros: "La verdad es que por $5.00, no se puede pedir más".

(2-12-81)

La Botica de mi Barrio

La botica o farmacia de mi barrio, difiere en algo de la de nuestra Cuba de ayer. Para empezar, no tiene el bombillito rojo para anunciar que está de turno. Bueno, después de todo, no hace falta. ¿Dónde está el guapo que se atreva a salir a la calle a las dos de la mañana para buscar una medicina? Antes muerto que perder la vida. El postigo por donde asomaba su cara el boticario de turno, para atendernos, debe haber estado inspirado en el que tenían en la puerta principal, los conventos de las Madres Reparadoras. Chiquito y misterioso. En la farmacia del exilio, no se vende palmacristi, ni agua de carabaña. Suerte que tienen los niños de este país. Tampoco hay Agua Baz, ni Benzomagnito, ni papelillos purgantes ni hipecacuana. ¡Solavaya! El boticario de Cuba resolvía muchos problemas a los pacientes antes de que vieran a su médico o dentista. Para el malestar de las vías digestivas eran muy socorridos los bacilos búlgaros o también una fórmula muy eficaz a base de takadiastasa, pepsina y pancreatina. Si nos dolía alguna muela debido a una carie, nos recomendaba "mechitas de guayacol", y si el problema era de un flemón, entonces nos indicaba buches preparados a base de raíces de altea. En Cuba, el agua boricada no faltaba en ningún hogar. Aquí yo llevo 21 años y no la he visto por ninguna parte. En mi pueblo, la casa de socorros, la botica y la funeraria, estaban en la misma cuadra. Nunca supe si se debía a pura casualidad o a que mis conterráneos, ya en aquella época, habían desarrollado el concepto del ahorro de la energía. La botica cubana siempre tenía dos o tres bancos para uso de los clientes que esperaban a que se les prepararan sus recetas. También los usaban ciertos personajes del pueblo que no tenían mucho que hacer y se reunían para comentar la actualidad, la política y el último tribey con las bases llenas de Perico 300. En la botica de aquí los bancos no existen, primero, porque no hay espacio. Segundo, porque no hay tiempo para peñas. Nuestra botica cubana de antaño, sólo vendía medicinas o algún que otro artículo relacionado con ellas. Las de aquí lo mismo le venden un pomo de aspirina que un tocadisco "stereo". Mi boticario tiene su farmacia situada en un área donde la

17

población está formada, principalmente, por personas mayores o "senior citizens". Lo que quiere decir, que el "Medicaid" está a la orden del día. En una de mis visitas a dicha botica, presencié el caso de uno de estos caballeros quien alegando que ese mes no había tenido necesidad de comprar medicinas, pedía al boticario que aplicara su crédito del "Medicaid" a la compra de una olla de presión. —"¿Usted está loco, Don Tranquilino? ¿No ve que si hago eso estaría incumpliendo las regulaciones al respecto y hasta pudiera ir preso? ¡Ni hablar!" —"Chico, hazme ese favor que nadie se va a enterar. Así me resuelves el problema que tengo con mi mujer que me insiste en ello porque, la mía, ya no tiene presión". —"Yo siento mucho, Don Tranquilino, que la suya haya perdido la presión, pero, mi amigo, tocante al monte, ni un cuje". En otra visita observé el caso de una señora, también entrada en años, que pidió al boticario, un frasco de Geritol, un pomo de pastillas para dormir Sominex y un tubo de Poli-grip. —"Doña Tecla, por casualidad usted ve los programas de Lawrence Welk?". —"Muchacho, no me pierdo ni uno solo. Es el único programa de la televisión americana que veo y entiendo aunque es en inglés." Oye, mi hijito, me das también una de esas cajitas de jabones finos que tienes ahí que quiero hacer un regalo a una amiga. Yo le digo a esas cajitas de jabones "Farsa Monea". —"Por qué Doña? —"Mi hijo, porque nadie se la quea. La persona que la recibe la guarda para cuando ella tenga que hacer un regalito." En la botica de nuestra Cuba, la identificación la constituía un morterito con su manito. En la de aquí no lo hay porque el boticario no tiene que usarlo, Y además, para que no vaya a tomarse como un símbolo de que se "tritura" a los clientes, dado lo alto de los precios de la medicina.

Quiero, con esta modesta crónica, rendir tributo de admiración, respeto y simpatía al boticario que nos sirvió en nuestra patria. Trabajador, servicial y abnegado, que se mantenía de turno para ayudarnos en momentos de urgencia. También, por supuesto, al del exilio. Con las mismas virtudes de aquel y que además, está sujeto a inspecciones oficiales contínuas y a los "lawsuits". Que tiene que sufrir el "papeleo" y los problemas que le crea el "Medicaid" lo cual, en definitiva, le puede hacer perder más sueño que si estuviera de turno...

(2-26-81)

La Carretera Central

Desde el instante en que hizo su aparición en La Habana el primer automóvil Ford modelo T conocido vulgarmente como "trespatás", y eliminó el primer quitrín, comenzó a hablarse en Cuba de hacer una carretera que pasara por el centro de la isla desde Oriente a Pinar del Río. Hasta entonces, las cortas y pocas carreteras que existían y que partían desde las capitales de provincia hacia los pueblos vecinos, habían sido construídas de adoquines y casi todas, heredadas de la Colonia. Estaban hechas para carruajes de tracción animal. Con el advenimiento del automóvil y la idea de la carretera central, los políticos de todos los partidos llevaron en sus respectivas plataformas y programas, hacer la citada vía de comunicación. Los intereses creados de una parte, y lo costoso de una obra de tal magnitud, de la otra, fueron postergando la iniciación de aquel proyecto hasta fines de la década del 20. Durante ese período de promesas incumplidas, el teatro cubano aprovechaba para hacer al respecto, sátiras políticas. Recuerdo una obra de los geniales Acebal y del Campo, en la cual sacaban a colación el tópico de la carretera central. Decía del Campo a Acebal: "La carretera la harán, chico, la harán...", a lo que contestaba Acebal: "Sí, larán, larán es un cantar, pero yo creo que ni mis nietos la verán..." En otra obra, Acebal hace de sereno. Una amiga de correrías que lo ve haciendo la posta se muestra sorprendida, y le dice: "Pero, Negro, ¿tú tan cumbanchero y 'metío' a sereno?." Contesta Acebal: "Y lo soy, ¿qué pasa? Escucha este soneto que he sacado para tí en mis noches 'insomnes' de insomnio. No sé qué me pasa al verte, pero mi pecho se inflama, y siento ansias de quererte, porque la sangre me 'ñama'." Y terminaba: "Mi amor por tí, Dios lo sabe, es firme, puro, eternal y acabará cuando acabe, la carretera central". Por fin, fue bajo el gobierno del General Machado que se construyó la famosa carretera. Los caciques políticos de las distintas ciudades y pueblos, querían que la carretera pasara por sus respectivas municipalidades. De haber cedido Machado a sus presiones, la carretera, en vez de central, hubiera sido la carretera zig-zag. No obstante, algunos pueblos y ciudades del interior nunca perdonaron a Machado que los dejaran fuera d la carretera. Dos de los más caracterizados fueron Cienfuegos en Las Villas, y Güines, en la provincia de La Habana. Los cienfuegueros fueron siempre a regañadientes a tomar la carretera central al entronque de La Esperanza. Después de todo, todavía les quedaban tantas cosas de que enorgullecerse, como su bella luna cienfueguera, su precioso litoral y el espectáculo nocturno de sus barcos camaroneros. Los Güineros, por su parte, también tenían muchas cosas de las cuales sentirse orgullosos: Vivir en la linda Villa del Mayabeque, contar con uno de los tres únicos regadíos comunales manejados por síndicos que existen en todo el mundo, y tener en su admirable iglesia católica, uno de los pocos carrillones que había en Cuba. Al fin y al cabo, aparte de sus lindas mujeres en cuyo aspecto Güines no se quedaba atrás, lo único famoso que tenía Catalina, que fue por donde se hizo la carretera, era las butifarras del Congo, las cuales, con perdón de los Güineros, tengo que reconocer que eran exquisitas. A lo mejor Carlos Miguel era cliente del Congo y quiso tener una buena vía para llegar hasta allí. Antes de construirse la carretera central, el medio de comunicación que más se usaba, era el tren. Siempre atrasado. Con locomotoras que tomaban la energía del carbón de piedra, el cual despedía hollín que se nos metía en los ojos y nos ensuciaba el traje de dril blanco. El que creó el anuncio de "ring around the collar" debe haber sido en su juventud, pasajero de alguno de aquellos trenes. Sus literas, eran duras como palo. Recuerdo que en un viaje a Santiago de Cuba, me tocó de vecino en el coche dormitorio, un español que se pasó la noche "refunfuñando" por lo dura que estaba su litera. Por la mañana le pregunté cómo había dormido, contestándome textualmente: "Esa litera que me tocó estaba más dura que los clavos de Cristo".

La carretera central, tal como se esperaba, produjo un extraordinario impacto en la vida económica, social y política del país. Simultáneamente, comenzaron a florecer en el interior y la capital, rutas de ómnnibus para todas partes. En la Habana, Las Tres Palmas que iba a Guanabacoa; La Cuba, en el Cerro; Los Unidos, con choferes uniformados y con polainas, que llegaban hasta Santos Suárez y, por supuesto, La Precisa. Se estaba preparando el escenario para lo que después serían los Omnibus Aliados. Estábamos ya, definitivamente, en los albores de una nueva era; la del "pasito alante, Varón..."

Los Vendedores Ambulantes y sus Pregones

Cuando Cristóbal Colón desembarcó en Cuba y lanzó la famosa frase" "Esta es la tierra más hermosa que ojos humanos vieran", a la vez que hacía historia, estaba creando, sin darse cuenta, nuestro primer pregón. Desde ese momento y por más de cuatro y medio siglos, se multiplicaron en nuestra tierra los pregones, cantados por vendedores ambulantes. Uno de los más populares y que inmortalizó el genio musical de Moisés Simons, fue "El Manicero". El clásico manicero de Cuba, era chino. En La Habana pregonaban por todos los barrios. Muchos de ellos actuaban por el Parque de la Fraternidad y llegaban hasta los cafés al aire libre, entre ellos, el del Hotel Saratoga donde los parroquianos comían su cucurucho oyendo los ritmos de la orquesta Ensueño, de Guillermina Foyo, integrada por bellas cubanitas. En los cafés aledaños actuaba la orquesta de Las Hermanas Mezquida dirigida por Mercy Mezquida y la orquesta Anacaona, todas de lindas criollas. Alguien que tiene por qué saberlo, me dice que la Anacaona fue la que creó el lema "Conozca a Cuba Primero y al extranjero después". Como al Manila, traído por los españoles desde su colonia Las Filipinas, el chino, generalmente cantonés, fue llevado a Cuba para reemplazar la fuerza de trabajo del indio diezmado. Los asignaron, al igual que al africano, a cortar caña. Dicen que los chinos cantaban en su idioma una tonadita muy bonita que alguien años mas tarde tradujo al castellano y le puso ritmo de son cubano. Esta resultó ser "yo no tumbo caña, que la tumbe el viento o que la tumbe Lola con su movimiento".

El chino se desplazó hacia las ciudades. En la Habana se establecieron por la calle Zanja y sus alrededores, creando algo así como la "sagüesera" china en La Habana. Por allí estaba el teatro para adultos, "Shanghai" cuyas obras, comparadas con las que ofrecen los teatros para adultos de por acá, parecen en el recuerdo, ingenuas como películas de Tarzán. Cualquier anuncio de televisión de Sassoon o Sergio Valenti tiene más sexo que la mas picaresca obra de aquel teatro. El chino sufrió por años, estoicamente, que lo identificaran como "chino manila". Hasta que el gobierno cubano lo reconoció por sí solo, erigiendo un obelisco en su honor en el parque de L y Línea, en el Vedado. En una placa se leía: "No hubo un chino traidor, no hubo un chino desertor", en mérito a su participación en nuestras guerras de independencia. Otro vendedor pintoresco, éste, cubano, vendía maní garapiñado en el Parque de los Enamorados y en su recorrido llegaba hasta Prado. Le decían "Acetolia" y pregonaba: "No hay cariño como el de madre ni maní como el de "Acetolia".

Los polacos, reyes en eso de la venta ambulante, coparon en La Habana la Plaza de la Lonja del Comercio y la zona del Café La Marina en Oficios y Tte. Rey. Pregonaban, como podían, la mercancía que colocaban sobre tableros; especialmente navajitas de afeitar, peines, cinturones y su renglón más fuerte, la corbata barata. El polaco nos enseñó "cómo echa pa'lante un inmigrante con ganas de trabajar". Y nos enseñó, además, entre otras muchas cosas, a dar cheques con fecha adelantada. Convirtieron el cheque que es un mandato de pago, en una promesa escrita o pagaré. En la práctica, modificaron, sin que mediara legislación alguna al respecto, el Código Mercantil, degradando la letra de cambio que había sido hasta entonces, el más perfecto instrumento de cambio. En Cuba le decíamos polaco a todo el europeo oriental que llegó a la isla huyendo del nazismo. Porque fue el polaco, el primero de ellos que se "aplatanó". Igual pasó con el árabe, a quien se identificaba como moro. En mi pueblo había uno de ellos que se paraba en una esquina a pregonar y vender su mercancía. Repetía: "Burso, bursera, beine, beineta, caja de borbo, sortija di oro". A quien osara tocar la mercancía sin su consentimiento le cantaba las 40 y las 10 de últimas, diciéndole: "No toque la brenda que se bone brieta". Burso Bursera, como llegó a conocerse este personaje, acabó, con su bobería, haciéndose dueño de medio bueblo, digo, pueblo. En 12 y 23 en el Vedado, se situaba todas las tardes, con una lata de tamales a su lado, un personaje muy peculiar. Tenía unos 50 años. Sobre lo grueso. Usaba un traje verde-gris con rayitas blancas y sombrero de pajilla. Como si estuviera programado por un "computer", cada 20 segundos exclamaba: ¡"Pican"! Era tan rápido en su expresión que era difícil cogerlo en el momento del pregón. Ultimamente han aparecido en el exilio, los vendedores ambulantes. Suelen situarse en las esquinas de más tránsito y se mueven entre los vehículos ofreciendo con la mano en alto, sus productos. A diferencia del de Cuba, éste, no pregona. Es callado y luce taciturno. Siempre me hacen recordar el poema de Hilarión Cabrisas, "La lágrima infinita", que termina así: "Para verla, hace falta tener alma y tú no tienes alma para verla" y pienso: "Para pregonar, hace falta estar alegre, y tú no estás alegre para pregonar"...

(3-12-81)

Los Velorios

Si no fuera porque en la fachada del edificio hay un letrero que dice: "Funeral Home", pudiera pensarse, por lo concurrido del lugar y lo animado del ambiente, que se está celebrando un gran evento social en algún club. Los cubanos, que nos adaptamos a todo con relativa facilidad, no hemos querido aceptar el velorio tipo americano. El velorio cubano proporciona a los concurrentes, una de las pocas ocasiones que tenemos en el exilio de saludar y ver a nuestras amistades. Porque aquí, entre el trabajo y la atención que dedicamos a las vidas de Cristina Bazán, Rodolfo, Teresa la doctora, Gustavo Adolfo y Colorina, no nos queda tiempo para más nada. La televisión terminó con la costumbre de las visitas. Después de comida nos ponemos en pantuflas y pijamas y no quisiéramos que nadie nos importunara. Cuando yo era niño, se usaba que las familias amigas se visitaran con cierta frecuencia. Eran aquellos tiempos en que los recién casados, cuando regresaban de su luna de miel, tenían que visitar a sus amistades para ofrecerles su nueva residencia. Visita tan obligada por los cánones sociales, como tediosa para los enamorados nuevos esposos, que estaban ansiosos por despedirse para dedicar el mayor tiempo posible a algo "reproductivo". En esa época, las damas amigas cuando se veían se daban dos besos, uno en cada mejilla. No puedo precisar cuando se redujo a uno, ni cuando a ninguno. Quizás la costumbre terminó cuando aparecieron en el mundo, los virus. El virus es el "totí" del médico moderno. Como el "computer" lo es del banquero de nuestros días. Es posible también que dicha costumbre haya desaparecido con el uso generalizado de los cosméticos y las pestañas postizas. Antes de existir los cosméticos, el hombre sabía exactamente como lucía la mujer. Ahora tiene que imaginárselo quitándole, mentalmente, lo que lleva prestado de la Rubeinstein, Revlon, o Max Factor. Como afortunadamente, no sabemos cuándo nos tocará emprender el viaje con el ticket de "ida sólo", el que va a un velorio no quiere pensar en el momento que lo llamen de la "agencia de pasajes". Y trata de entretenerse conversando con sus amistades. Aquí se da el caso increíble, pero cierto, de no haber visto en muchos años a amigos que en Cuba veíamos casi a diario. Miramos a alguien que queremos reconocer y ese alguien nos mira con cara de que nos conoce. Pero tememos fallar y no nos lanzamos a saludarnos. Hemos destruído las hojas de veinte almanaques y éstas, en represalia, han dejado en nosotros la huella del tiempo. De pronto, casi simultáneamente, nos identificamos el uno al otro. Y nos decimos mutuamente, que estamos "igualitos". Sintiéndonos halagados y hasta orondos, uno dirá que "no juzguemos la fruta por la corteza" y el otro, para no ser menos, que "no es oro todo lo que reluce". Después de recordar el pasado y agotar la conversación, comentaremos con algún amigo común allí presente, que hemos visto a "Fulano" y lo hemos encontrado "hecho leña". Pero, como decía aquel programa radial de la Cadena Crusellas, "La vida no se detiene, prosigue su agitado curso". Confieso que cuando yo oía a Arturo Artalejo decir aquello, nunca pensé que el curso de la nuestra, lo sería tanto. En los velorios siempre hay el tipo que no puede creer lo que ha pasado.Y quiere enterarse de cómo fue el caso, porque él lo ha sentido como algo propio. Quisiera que le dijeran que "el difunto se levantó como todos los días, sintió un dolorcito al que nadie le dió importancia, y ya tú ves". Saciada su curiosidad, se ofrecerá para traer a los allegados algún cafecito o alguna maltica. Las botas que dejó el casusante, se las pone, en la noche del velorio, el propietario de la cafetería más cercana. Aquí en este país, no se usan las despedidas de duelo. No hay tiempo. -"Con las palabras del Sacerdote, termina el acto." En Cuba, en cada ciudad o pueblo había una persona especializada en despedir duelos. Lo único que necesitaba saber es de quién se trataba, que los adjetivos calificativos los ponía él de su amplio y extenso repertorio. El que despedía el duelo nos dejaba a todos convencidos de que el difunto había sido una persona de moral intachable, probo, íntegro, y por encima de todo, "un marido ejemplar". Hubo en ésto, sin embargo, una excepción y fue cuando murió "Papá Montero". Cuando el que despedía el duelo dijo: "Señores: los familiares del cadáver me han confiado para que despida el duelo del que en vida fue Papá Montero", y comenzó a cantar loas al difunto, la viuda, que hasta ese momento había lucido muy atribulada, dió un paso al frente y en medio de un silencio sepulcral, miró fijamente por unos instantes el féretro que contenía los restos de su ex esposo y ante el asombro de todos, gritó: "Canalla rumbero!" No hay antecedentes de un caso similar. Es que como decía aquel madrileño, cura párroco de mi pueblo, y él debía saberlo bien, "en capital y bondaz, la mitaz de la mitaz". Cuba sería la nación que con más santos contara, si "allá arriba" creyeran a los "despedidores" de duelo. En ésto, los americanos son más prácticos. No dicen ni "pío", y dejan el veredicto a San Pedro...

(3-19-81)

La Chaperona

La Chaperona cubana era una verdadera institución. Omnipotente, perenne, indestructible. Con facultades dictatoriales. Militar experta en el "toque de queda". Y en el "estado de sitio". En mis tiempos, yo la comparaba con personajes y situaciones del juego de pelota. Así, por ejemplo, pudiera decirse de ella que era como un "Short-Stop" al estilo de "Willie" Miranda, que no dejaba pasar ningún "roletazo" por su territorio. "Pitcher" veloz como "Jiquí" Moreno que se viraba a primera una y mil veces ante el amago de "robo". Era Andrés Fleitas tirando a segunda para sacar "out" al "corredor". Experto en señas como Miguel Angel González que trataba de evitar que el enemigo sorprendiera con el "toque de plancha" o el "squeeze play". Era un Reinaldo Cordeiro cuadrado ante el "home plate" para que no le anotaran la carrera decisiva. Napoleón Reyes gozando en poner de mal humor a Cupido. Relevista Cátayo González soñando con dejar a Roberto Ortíz "con la carabina al hombro". (Cuando Miguel Angel consideraba que tenía perdido el juego, hacía señas hacia el "dog-out" para que saliera a "pitchear" Catayo. Si no, Aristónico Correoso). La Chaperona era también Amado Maestri, que expulsaba del terreno al jugador "irrespetuoso". Mariano González suministrando información del "bateador" a Felo Ramírez. Era, en suma, el anotador oficial que aspiraba a reportar el juego perfecto de "no hit, no run". Qué metamorfosis tan tremenda sufrió la Chaperona al cruzar las famosas 90 millas. Al principio, con nuestra llegada a estas tierras trató de plantar aquí su bandera. Pero no encontró el suficiente apoyo. Hoy es casi un recuerdo y las pocas que han quedado, han tenido que adaptarse al "bilingüismo" para subsistir. La mejor Chaperona de nuestros tiempos, era la abuela. En primer término, porque los abuelos suelen ser más "condescendientes" con los nietos de lo que son los padres con los hijos. En segundo lugar, porque según iba avanzando la noche, la abuela comenzaba a "cabecear" y a "echar su pestañazo" a intervalos regulares. Y surgía el lapso de tiempo sin control. Como ocurre en el "reentry" de las naves espaciales que al pasar por el "Allen belt" que rodea la tierra, la Nasa en Houston pierde el contacto con los astronautas por unos minutos. La menos popular de las

Chaperonas, era la tía. Esa sí que no bajaba la guardia ni para "ir a empolvarse la nariz". Si tenía que acompañar a varias parejitas al cine o a algún bailecito, se ponía, como decimos los guajiros, "como gallina 'sacá' de patos a la orilla de la laguna". A pesar de todo, quizás porque la Chaperona compartió con nosotros momentos de nuestra dorada juventud, la recordamos con cariño. Y piensa uno en aquellas bellas y tropicales noches de La Habana en que nos acompañaba a pasear por el Malecón y el Prado. Al regreso, nos deteníamos, como tantas otras parejas, en El Recodo del Malecón y Paseo, en el Vedado. O en El Carmelo, Kasalta, Picolino o El Barrilito de la Quinta Avenida en Miramar, para tomar unos refrescos o algún helado... La nueva generación no acepta la Chaperona. Se nos van solos a las Discotecas. Dicen ellos que se divierten más de lo que lo hacíamos nosotros. Pudiera ser. Pero nosotros, con todo y la Chaperona, éramos alegres y felices. Ellos, a veces, no lo parecen. En ocasiones oigo a algún que otro padre que dice: -"¡Ay!, si yo hubiera llegado a este país con 18 años!" Allá ellos con su deseo frustrado. Yo atesoro para siempre, el caro recuerdo de aquellos tiempos en que paseaba con mi novia y su Chaperona en las inolvidables y románticas noches de nuestra Habana de ayer...

(3-26-81)

La Primavera

Llegó la primavera. La estación en que reverdece la vida. La del amor. Las flores. Los huevitos y los conejitos de "easter". De la primera comunión de los niños. Del trino alegre de los pajaritos, entre ellos el sinsonte; cantando, no "encima de una baría", como decía aquella décima guajira, pero al menos sobre una palma tropical de las que afortunadamente, tenemos en Miami. Y es la estación, también, de la máquina de cortar la hierba del patio. De regar los insecticidas. De echar el fertilizante a la hierba. Dice un viejo adagio: "Abril, aguas mil o todas caben en un barril". Y si por casualidad son mil, a prepararnos para pasar la famosa maquinita todos los "week-ends". La costumbre de arreglar el patio es tan de los americanos como la de chuparse los dedos cuando comen el "fried chicken" o el "hamburger". O como la de ayudar a la esposa lavando los platos, cocinando, o cambiando el "pamper" al bebito. Cuando veíamos en Cuba las películas americanas donde en las situaciones caseras aparecía el marido con delantal y metido en la cocina, no concebíamos que aquello fuera cierto. Fue necesario que las circunstancias nos trajeran a estas playas para que comprobáramos que lo del delantal, no era cuento, sino tremenda realidad. Aquí no hay más remedio que compartir los quehaceres diarios con la esposa. Hay que "levantar parejo". O como dicen en Puerto Rico: "bailamos juntos o se rompe la radiola". En Cuba siempre había una tía o una pariente que nos daba una manito. Aquí, la tía y la pariente cuando salen de la factoría, están más bien para que le den la manito a ellas. En esta "trituradora", cada uno tiene que defenderse como pueda. Al principio del exilio había muchachos en el barrio que se ofrecían para cortar la hierba y a precios módicos. Pero aquellos muchachos se esfumaron. Igual que los precios módicos. La última vez que eché fertilizante a mi jardín, terminé la obra con un agudo e indeterminado dolor que me hizo ir para el hospital y que resultó ser un cólico nefrítico. El que va al hospital, lleva consigo dos grandes preocupaciones que se acentúan cuando llegamos allí y nos "montan" en la silla de ruedas. La primera, es si saldremos con vida del tratamiento. La segunda, si una vez que estemos recuperados y montados de nuevo en la silla de ruedas, listos para marcharnos para casa, resistiremos el "shock" que nos producirá la cuenta que nos aguarda en la oficina del "discharge". Los hospitales debían tener un cuerpo de psiquiatras que fueran preparando al paciente a afrontar ese momento. Que ese paciente acepte de buen grado que el cuarto semi-privado compartido con otro ingresado que estuvo en un constante quejido los días que permanecimos allí, cueste más que una "suite" de lujo del Waldorf Astoria. Que por el televisior que veíamos y no oíamos entre aquellos quejidos, nos hacen un cargo extra. Que las tres pastillas de aspirina que nos dieron, salieron a un promedio de tres pesos cada una. Y que la "javita" que nos entregaron con la palanganita, el cepillo y la pasta de dientes y que aceptamos agradecidos porque creíamos que era un obsequio, también hay que pagarla. Pero volvamos al jardín. Dice un proverbio chino que "el más feliz de los hombres es aquel que cultiva un 'jardín' ". En efecto, trae mucha felicidad ver germinar la semilla que uno planta y saborear la fruta del árbol que con esmero hemos cultivado por varios años. No hay la menor duda de ello. Pero yo quisiera ver al chino que inventó ese refrán pasando la máquina de cortar la hierba en un patio de Miami en esos días aplomados en que la temperatura llega a los cien grados. Créame, paisano, "le zumba el mango!!!"

(4-21-81)

El "Income Tax"

El 15 de Abril vence el plazo para liquidar los "Taxes" del ingreso personal, ya sea para reclamar que nos devuelvan, o para que paguemos lo que nos falta por tributar. Los cubanos nunca fuimos muy distinguidos en eso de pagar los impuestos de la renta personal. Es algo que heredamos de la época de la Colonia. Tratábamos de pagar lo menos posible porque estimábamos que el producto de las contribuciones iba a engrosar los fondos de la Metrópoli y por ende a prolongar el régimen colonial. El gobernador de la isla, Capitán General Miguel Tacón, Marqués de la Unión de Cuba y Vizconde de Bayamo, durante su mandato en la década del 30 del siglo pasado, "apretó las clavijas de la bandurria hasta que se llevó las cuerdas" en todos los aspectos de su régimen, incluyendo, como es natural, el económico, aumentando, notablemente, la tasa impositiva personal. Entre otros, con el propósito de fabricar la casa campestre de la Quinta de los Molinos, para disfrute de él y de los futuros Capitanes Generales. Debe haber sido por ésto, que la musa popular le dedicó la siguiente cuarteta: "Permita Dios te trague una ballena, por esos mares de olas infinitas, y te vaya a arrojar, hecho bolitas, a la Plaza Mayor de Cartagena". Tacón, era cartagenero, entre otras cosas. Si los capitanes generales que enviaba la corona de España a la isla, hubieran sido gallegos o asturianos, posiblemente la historia de Cuba hubiera sido otra. Los hijos de esas dos regiones demostraron siempre un gran poder de asimilación a lo cubano. Al plátano a "puñetazos" y al congrí. El cubano aquí ha tratado siempre de estar "derecho" en materia de "taxes". Lo cual es muy plausible si se tiene en cuenta que en ese aspecto, los "zurdos" abundaban en nuestra tierra. Al "income tax" se le llama, "tax return" o sea, devolución de impuestos. Es una frase ideada por "Uncle Sam" para "dorar la píldora" al contribuyente. Muchos nos hacemos ilusiones de que siempre nos van a devolver algo y hasta planeamos para gastar lo que recibiremos de reembolso. Pero a veces, "el tiro sale por la culata" y lo que recibimos es una carta del "Treasury Department" informándonos que "de éso nada y de lo otro cero". Y nos dan un plazo perentorio para que remitamos lo que dejamos de contribuir. Y aquí es donde toma vigencia en el exilio aquella frase criolla de "a correr, liberales del Perico". Si por casualidad la carta que recibimos es una cita para una entrevista con un inspector del "tax" entonces el caso alcanza proporciones de "calambrina". No faltará quien nos diga al enterarse, que "esa gente" sortea los contribuyentes al azar para revisar algunas liquidaciones y que sencillamente, nos hemos puesto fatales. Porque puede ser que nos suceda lo mismo que con el "jury duty", que una vez que nos citan para el primer juicio, luego nos citan a cada rato. Mi amigo "Chicho" recibió una de esas cartas citándolo para discutir su liquidación. Me contó que estuvo casi sin dormir hasta el día de la entrevista, preocupado por el asunto. "No por nada, pues yo estoy más claro que el agua del río en tiempo de seca, pero es que uno nunca sabe. A lo mejor se nos quedó fuera alguna bobería y como dice aquel dicho: "de abajo de cualquier turrón, salta un grillo". Para complicar más las cosas, el día de la entrevista, el hombre que había preparado los "papeles" a nuestro amigo, amaneció enfermo. Sin otra alternativa, Chicho se fue sólo al "Federal Building" a discutir sus "taxes". "Lo hemos llamado" le dijo el inspector, cubano por cierto, "porque en su declaración usted no incluyó una partida de "capital gain". -"¿De qué 'game' dice usted? Porque yo, señor inspector, el único 'game' que practico es el del dominó. Y para éso, lo jugamos a 'kilo' el partido y a "medio" la pollona. O sea, que casi siempre salgo "chao". -"No, señor Chicho. Yo me refiero a "capital gain", a ganancia de capital. En nuestros "records" aparece que usted vendió una propiedad y no declaró lo que ganó con esa venta". Chicho se sintió aliviado. Como si le hubieran quitado de encima el peso del elefante del circo Montalvo. "Puede estar usted seguro, inspector, que ahí hay un error porque yo ne he vendido ninguna casa por la sencilla razón de que nunca la he tenido. Desde que llegué al exilio hace 20 años vivo en la misma casita del "sagües", alquilada, pues no he podido juntar lo del "down" para comprar una". -"Muy bien, muy bien. Revisaremos de nuevo su caso y si es como usted dice, puede estar tranquilo que "aquí no ha pasado nada". -"Puede usted jugársela al "canelo" señor inspector que es como le he dicho". -"Ah, ¿pero usted juega a los gallos"? -"Es un decir, señor, es un decir..." Y Chicho salió de allí más rápido que guagüero de la ruta 28 atrasado, al tiempo que decía: "Cuando ya estaba en la orilla, por poco me meto "en las patas de los caballos"...

(4-9-81)

Pancho Navaja

Pancho llegó a Cuba, casi un rapaz, allá por el año 20, procedente de Mondoñedo, Galicia, España, traído por su tío Don Prudencio, aventajado propietario del establecimiento del giro de víveres y licores finos denominado "La Segunda de Pontevedra Reformada" que estaba situado en la zona de los muelles del puerto de La Habana. El chico era listo y "se colaba", a tal punto que Don Prudencio, de quien se decía que tenía "la cáscara más amarga que el güao de costa" y no obstante llevar al sobrín "más recio que un yugo de pié" le fué cediendo el mando cada vez más hasta que llegó a entregárselo por completo en cuestión de pocos años, pues el joven ya había "catado" todo lo mucho que sabía su tío del susodicho giro de víveres y licores finos. Así pues, llegó el momento en que Don Prudencio decidió irse a la Península a pasar los últimos años de su vida en una hermosa quinta que hacía poco había comprado en Ribadeo. Antes de partir y una vez que tuvo arreglado todo lo concerniente al viaje en el Marqués de Comillas, vendió a Pancho el negocio, recibiendo de éste una cierta cantidad como pago a cuenta, con el compromiso de pagarle el resto mensualmente, según se consignaba en la correspondiente escritura de compra-venta, por medio de "transferencias que haría Pancho a través del Banco Gelats de La Habana, directamente al Banco Pastor, sucursal de Ribadeo, para el crédito de la cuenta de Don Prudencio, etc., etc."

Ni qué decir que Pancho Navaja, como ya se le conocía por los parroquianos, cumplió el contrato al pie de la letra. Lo de Navaja fue un sobrenombre que le puso su clientela, pues decían de él que "cortaba por el lomo". Con ese "background", esa astucia y el "training" que en su juventud recibiera de Don Prudencio, Pancho Navaja llegó a Miami en 1960 después de haber dejado su fortuna en Cuba. Llegó, como decía él, "sin una perra" y con el poco conocimiento del idioma inglés que había obtenido en un curso nocturno intensivo que tomó con un profesor paisano de él, en el plantel "Concepción Arenal". En Miami se colocó como dependiente de una cafetería de la cual se hizo dueño al año y medio. Luego compró otra, y otra, hasta que decidió "atuar" en los bienes raíces. Cuentan que sus activos ya superan a los que perdió en Cuba. La siguiente anécdota quizás explique algo, del por qué de sus éxitos.

Sucedió el caso en una mañana del verano pasado a eso de las diez. Estaba Pancho Navaja tomando un cafecito acompañado de su amigo Cheo en una esquina de la Calle 8. Como avisado por un radar interno, de pronto observa que viene caminando hacia ellos, algo desorientada, una señora rubia, ya mayor, usando unos "espejuelitos" y tocada de un pequeño sombrero con florecitas. O sea, de las que no se ven por la Calle 8. Como relámpago que alumbrara su mente, Pancho se dice: "Esa debe ser una americana que viene de uno de esos pueblecitos del norte a vender una propiedad que tiene por acá". Ni tardo ni perezoso, como evitando que alguien más pudiera darse cuenta de la ocasión, sale al encuentro de la dama, al tiempo que llamaba a Cheo que sabe un poquito más de inglés que él. Abordan a la americana y a su manera, confirman que efectivamente, la señora viene de Oldville, South Dakota, a vender una casa que le dejó como herencia un tío suyo. A Pancho se le iluminó el rostro. "Me la llevé en el aire". Con la rapidez que el pitirre pica a la tiñosa, Pancho Navaja se traslada con la americana y Cheo para ver la propiedad en venta, que está, precisamente cerca de la Calle 8. Se trataba de una magnífica casa que tenía además, en su parte posterior, un "efficiency", o como dice Pancho en su inglés, un "afíciense". Mientras examinaba la casa y sacaba números mentalmente, pensaba: "Como esta "lady" se me ponga a tiro, la mando manca pa' el "Sadakota" ese, porque le arranco el brazo" Ya estaba listo para el ataque, "como güasa en boca de estero". —"Cheo, pregúntale cuánto quiere, dándole todo el guanajo en la muñeca". La señora contesta a través del "intérprete" que "esta casa en su pueblo Oldville debe valer $30,000.00 y que éso es lo que ella quiere". -"Dile que $25,000.00 y va que chifla". No sabemos cómo tradujo Cheo la expresión pero es el caso que la americana aceptó diciendo: -"OK Mr. Pancho, it is yours. You are very nice". Esto lo entendió Pancho Navaja que se avalanzó sobre la americana para darle el clásico abrazo cubano. "OK, OK, ¿and now, what?" preguntó la señora. —"Now what?", que nos vamos ahora mismo al bufete de Carlos Benito a hacer el contrato.

Dicho y hecho. Una hora más tarde Pancho y Cheo dejaban a la americana en el aeropuerto para el regreso a "Sadakota" complacida ésta por el rápido y buen negocio que había hecho. Al retornar Pancho a la casa que acababa de adquirir, compró en el primer "hardware" que vió, un "sign" de "For Sale". Estaba clavando el último de los cuatro clavitos cuando se detuvo frente a la propiedad un carro con un señor que después se supo que era de New Jersey y venía retirado para Miami. —"Señor, ¿cuánto quiere por la casa?" Pancho todavía no había decidido lo que iba a pedir, pero se dejó llevar por su instinto y contestó: "$90,000.00".

—"Es mía," expresó el de New Jersey. Vamos ahora mismo para mi abogado". Al salir del bufete, comentaba Pancho con Cheo que aún lo acompañaba: —"Y pensar que me dicen Pancho Navaja. Cuento, me han tumbado. Si le llegó a pedir $100,000.00 al hombre, me los da". Y terminó: "Nunca hagas negocios con apuros, Cheo".

(4-23-81)

Las Bodas

Puchita y Puchito se han enamorado. Y se han jurado amor eterno. Así comienza el texto de algunas invitaciones de boda de estos tiempos. Antes, se suponía que quienes se casaban estaban enamorados. Ahora se usa dejar constancia escrita de su pasión. La tarjeta de invitación de boda representa también el aviso de que todo lo concerniente a los preparativos de la boda, ha terminado. Ya se produjeron los primeros augurios de tempestades entre las dos futuras consuegras y cada una asegura de la otra que: "a esa vieja entrometida no hay quien se la dispare". ¡Pobre Puchita!... ¡Pobre Puchito!... Se confeccionó la lista de los invitados cuyos nombres se entresacaron de las listas que a su vez presentaron las familias de cada contrayente. Hubo carga al machete de parte y parte. Después del combate había casi tantos decapitados como invitados. En muchas bodas suele haber dos clases de invitados: los de primera, con derecho a ir a la recepción y los de segunda, con derecho a "echar con el rayo" por negárseles ese privilegio. Todos los aspectos de una boda son importantes, si bien hay algunos más que otros. ¿Quién va a encargarse de arreglar y estirar la cola del traje de la novia cuando ésta se detenga en la entrada de la iglesia del brazo del feliz padrino? Generalmente, es una tía de la novia. Que trata de pasar desapercibida "guilladita", pero no lo consigue. ¿Y la mantilla sobre los novios? Siempre escogen a una prima de la novia y una del novio. Las que ponen la mantilla son como dos extras en una película. Su aparición es fugaz. Tanto, que no hay mantilla que no quede "jorobada". Un detalle importantítisimo, es la preparación de la reseña de la boda para el cronista social. ¿A quién se le dará? ¿A Chichí o a Posada? ¿O a los dos? En ésto, lo del linaje familiar es de extraordinaria importancia. Hay que averiguar con los veteranos de ambas familias, qué personajes existieron entre sus antepasados. Es muy elegante que conste que la novia es descendiente por la línea paterna del Alcalde del Barrio de Pan con Timba. Que el novio es tataranieto del mayorquín que operaba una línea de volantas, "Campo de Marte - Loma del Mazo". Se indicará también que durante la ceremonia, una amiga de la infancia de la novia cantó, con su bella voz de soprano, el Ave María de Gounod. Lo que no se mencionará en la crónica es que el Ave María que "interpretó" esa amiga, hizo exclamar a los concurrentes: "Ave María Purísima". A los primeros acordes de la marcha nupcial, todos los presentes, como movidos por un resorte, volverán sus cabezas hacia la puerta de entrada del templo donde está la novia, radiante, más bella que nunca. Diríase que sólo falta el sonido del clarín, anunciando "el triunfo definitivo de la Pasta Gravi". En aquellos casos en que la novia no es muy agraciada, el cronista se torna mago, y la hace "culta e inteligente". Al terminar la recepción que sigue a la boda, vendrá el espectáculo de tirar el ramo de flores de la novia, al cual seguirá la ceremonia de la liga. En todas las bodas siempre hay una abuela con su nieta en edad casadera. Si ésta es timorata, la abuela la empujará al tiempo que le dice: "'¡Ay, que niña más 'pajuata'!" y nos recordará aquello de "epabílate Mariana que te me vas a quedal". En verdad, la que hay que empujar, aunque le toque el ramo, no será la primera en casarse. La que se va a llevar el próximo "gato al agua", no hay que empujarla. Esa, se empuja sola. ¿Y la liga? Bueno, hoy día hay muchos solteros que "le zafan el cuerpo". "¡Que la coja un toro"!

Y como todo principio tiene su final, vendrá después la luna de miel. Que Puchita y Puchito estaban realmente enamorados, no ha quedado la menor duda. Como en el cuento de Rosendo Rosell, al tercer día de estar en el hotel, decidieron bajar al comedor. Tomaron una mesa y vino a atenderlos un camarero. Este, dirigiéndose a la nueva desposada, le pregunta: "¿Qué desea la señora"? Esta, sin apartar un segundo los ojos de su marido, le contesta: "El sabe lo que me gusta a mí". El marido, un tanto desconcertado, le dice a ella: "Sí, mi vida. Yo sé lo que te gusta a ti; pero mi hijita, piensa que de vez en cuando también tenemos que comer algo, no?"

(4-30-81)

La Guagua

La guagua de Miami no es como la cubana de nuestra época. La de aquí es más ómnibus que guagua. Para que fuera como la nuestra, lo primero que necesitaría, es el conductor. Con su gorrita hacia trás, puesta artísticamente de modo que "la mota", saliera por debajo de la visera. Con la cadena y su tremendo medallón. Su diente de oro para castigar con su sonrisa a las "leas". Falta la imagen de la Caridad del Cobre y su florerito con claveles junto al guagüero. No existe la señal del guagüero al conductor avisándole que en la siguiente esquina está esperando el inspector para el chequeo, de modo que el conductor se apresure a marcar los pasajes, que a lo mejor, "involuntariamente", ha dejado de marcar. Y el guagüero entonces, con precisión de "computer" del Columbia, paraba frente al inspector cuando se estaba extinguiendo el sonido del último "cling-clang" en el marcador de pasajes. Faltan los dicharachos del conductor, "pasito alante, varón". "No se me guille y póngase pa'su número", y sus coloquios con el guagüero acerca de la última dama que se bajó, "que no es por ná ni ná", pero la verdad es que está "entera". El guagüero siempre procuraba que las pasajeras jóvenes tomaran la guagua por la puerta delantera. Para "vivirlas" en el instante de subir el escalón. —"Dime algo, Cheo" - "Suerte que tienes tú, mi hermano, que puedes ver el espectáculo sentado en palco". Y a la viejita que se bajaba en la iglesia de la Merced el conductor le pedía: —"Rece por mi, abuela". Y la señora lo miraba como diciendo: —"Tu eres un caso perdido, hijo". También le falta al ómnibus de aquí, el billetero fugaz vendiendo la piedra fina. Y "me queda uno solito". Y el negrito con su sonrisa de melón y coco que vendía periódicos: "Mira, ya habló Don Rafael; lo que dijo de Albertico". "Oye, se casa el Caballero de París". La guagua americana no tiene emoción. Nadie habla con nadie. El guagüero no se mete con nadie. Sólo he visto un guagüero que me ha recordado algo a los de Cuba. Es uno de la Ruta 5 que suele hacer sus chistes. Hace poco, yendo hacia el "Down Town" me tocó en suerte. El ómnibus iba lleno de personas bastante entradas en años. En una esquina aguardaban para tomarlo, cuatro damas y dos caballeros, también clientes de "Geritol". Al parar, el guagüero exclamó: "Ahora sí que se acabó de llenar Santovenia". Todos fueron subiendo y mostraban la evidencia de que eran "senior citizens", para acogerse al pasaje más barato. Pero el último de los caballeros, no acababa de encontrar su tarjeta de identificación. El guagüero, después de esperar algo terminó diciéndole: -"Os creo, hermano, os creo. Pase adelante y siéntese". En el ómnibus de aquí el timbre para avisar que nos vamos a bajar, es "unisex". Se toca un solo timbrazo, ya sea para una dama o un caballero. En Cuba, cuando el conductor daba tres timbrazos, indicaba al chofer que se iba a bajar una dama y que debía parar "firme". Un solo timbrazo, indicaba que se iba a bajar un caballero, y teníamos que lanzarnos en el momento preciso. Ni antes ni después. Si el pasajero vacilaba, el conductor le gritaba: "¿Qué pasa ahí? ¿Se peina, o se hace papelillos"? Y si por casualidad el pasajero pedía al guagüero que parara en firme, éste y el conductor se miraban y comentaban: "Parece que el socio ese no anda claro"...

El guagüero de aquí da la impresión de que nunca está apurado. Al de Cuba la empresa le perdonaba cualquier cosa, menos llegar con atraso a la terminal. Eso explica que siempre fueran "con el pie hasta la tabla". Se le daba extraordinaria importancia a la frecuencia con que tenía que pasar determinado ómnibus. Igual ocurrió anteriormente con los tranvías. Recuerdo un juguete cómico de los admirados Acebal y del Campo. Del Campo se quejaba amargamente de que su novia lo había dejado para irse con un amigo. Acebal le contestaba: -"Pero no llores, chico. Si las mujeres están como los tranvías eléctricos. ¿Se te va uno?, espera cinco minutos que atrás viene otro vacío. Y "entodavía" te dan transferencia pa'seguir!" ¡Qué tiempos aquellos!!!...

(5-7-81)

El "Party" Infantil de Cumpleaños

Popeye. Mickey Mouse, seis globos, una piñata y un "cake". Y ya está formado el "tinglado" para celebrar el "happy birthday" del primer año del niño. Para los cronistas sociales, los niños cumplen añitos. Siguiendo la misma lógica, los "senior citizens" debían cumplir añotes. Pero, después de todo, tienen razón. No sería apropiado decir que mi tío Bartolo, cumple 80 añotes. Aunque no hay quien se los quite de las costillas por mucho que le digamos que parece que tiene cincuenta. La procesión va por dentro. La mayoría de los "parties" infantiles, es una excusa de los mayores para disfrutar su propio "party". Detrás del "tinglado" a que nos hemos referido, hay dos tremendos "tambores" de cerveza con hielo y varias botellas de "Scotch". Los cubanos en el exilio hemos adoptado el "Scotch" como el trago preferido. Y hay hasta quien lo toma como "medicina", para controlar la presión arterial. Lo cual echa abajo aquello que decíamos en nuestra tierra "que si la bebida alcohólica se vendiera en las boticas, nadie las tomaría". Aquí si el "Scotch" se vendiera en las farmacias, habría legiones de clientes para comprarlo con el "medicaid". La cerveza se popularizó cuando dejó de llamarse "lagger". El "lagger" se asociaba a borracho. La cerveza se asocia a deportes, a la "mentirosa", el "pititín" y la "siete y media". Pero como estos "deportes" se practican sentados, el poco ejercicio que representa el frecuente viaje al "restroom" no es suficiente para eliminar la "barriga" que va creando el tomador. En Cuba se decía que cuando se embriagaba un pobre, tenía un "jalao" y si se trataba de un rico, que la bebida le había producido "jaqueca", aunque el efecto y, a todos los efectos, era el mismo. Aquí se usa una palabra que cubre a todas las clases sociales; el "hangover". En los "parties" infantiles suele haber más adultos que niños. Se reunen los amigos de los padres del festejado, así como los padres, abuelos y bisabuelos de los invitados. Los adultos se acomodan en el "den" para disfrutar de "su party" y cobra vigencia de nuevo aquello de que "en el último cuarto, hay son". En la fiesta había también tantos niños "zangaletones" que el infeliz festejado a la hora de tirar de las cintas de la piñata, no pudo siquiera penetrar en el tumulto, y no logró coger ni un pito. Azorado ante tanta gente mayor que él nunca ha visto, llora, y acaba por dormirse. Hubo muchos regalitos, para el "Nene", juguetes electrónicos, muñecos y cajitas, algunas de ellas de Burdines y Jordan Marsh, conteniendo prendas de vestir. Al día siguiente, comprobamos que los juegos electrónicos venían sin las pilas y el niño tendrá que esperar a ver cómo opera el juguete, hasta el día que los padres decidan comprarle las baterías. Las prendas de vestir, algunas le quedaron chiquitas y otras grandes. Los padres fueron a Burdines y Jordan Marsh a cambiarlas por otras apropiadas a su tamaño y descubrieron allí que lo único que resultó ser de esas tiendas, fueron las cajitas. En una de dichas tiendas, una de las empleadas que los atendió, muy amablemente, les dijo que creía que esas "pinticas", eran de Zaire o Jefferson. Pero como "el desquite lo da Piedra", esos regalitos los pondrán a circular en el próximo "party" de otro niño, esta vez en cajitas de Neiman Marcus o Sacks Fith Avenue. Después de todo, no importa cuánto se le regale al niño, él seguirá jugando por mucho tiempo más con los "cacharros" de la cocina, que son sus juguetes predilectos. Arquímides clamaba: "Dadme un punto de apoyo, y moveré el mundo entero". Los padres decimos: "Dadme un punto de apoyo y "mucha tabla", para seguir jugando al "cachumbambé"!

(5-21-81)

Los Condominios

El condominio parece ser la solución presente y futura inmediata de la vivienda. Con los precios que tienen las casas hoy día y con los intereses hipotecarios por la estratósfera, más arriba del sendero del "Columbia", el sueño americano de poseer una casa se ha ido desvaneciendo. La nueva generación a la hora de decidir sobre las dimensiones de la residencia que va a comprar, tiene que soñar en diminutivo. Hay que prepararse para vivir en el ambiente de los condominios. Hay que adaptarse a convivir con los "Pepitos" del quinto piso y de todos los pisos. Hay que volverse un "Chan-Li-Po" y llenarse de paciencia, mucha paciencia, para participar en la acaloradas reuniones de la asociación de propietarios y oir hasta el cansancio discusiones que no acaban de satisfacer a la mayoría. Hay que saber resistir la intervención de una vecina que exige más que nadie aunque lleva varios meses sin querer pagar el mantenimiento. Ella y sus niños usan la piscina más que todos y en los "week-ends", hasta invitan a los "sobrinitos" y acaparan toda el área del "bar-b-q". Hay vecinas que consideran que la lavadora y secadora de su piso, son de su uso exclusivo. "La que venga atrás, que arree". Hacen uso de nuestro espacio de "parqueo" porque como no tenemos carro, han decidido que tienen derecho a usarlo cuando se les antoje. Hay el personaje que cuando llega del "grocery" con los "mandados" detiene el elevador en su piso y no lo deja funcionar de nuevo hasta tanto no haya descargado todos los cartuchos y colocado su contenido en los anaqueles de la cocina. Hay el vecino "amable" que va siempre a tomarle el "cafecito" a Doña Josefa porque "no hay quien lo haga como ella". Es una halago basado en el ahorro. Los hay que protestan porque el "encargado" no atiende bien el césped y la piscina. El manager les dirá que con lo que están pagando al señor y con lo viejo que está el pobre, no se le puede exigir mucho, a menos que estemos dispuestos a buscar otro y aumentar, en ese caso $5.00 mensuales para el mantenimiento. Y hablando de edad avanzada. Uno se da cuenta que se está poniendo viejo, cuando comenzamos a entender aquella décima guajira: "cuando la luna declina debajo de los mameyes"; cuando descubrimos que nos han salido pelos en las orejas, o cuando nos da por leer en el periódico, las defunciones. Y empezamos a comparar nuestra edad con la de aquellos que han emprendido el viaje sin regreso. Y nos sentimos mejor o peor, según el "average" del día.

Los problemas que origina más polémicas en el condominio, son las reparaciones en "grande", como las del elevador, poner techo al edificio y reparar la piscina. En lo del elevador, los de la planta baja no quieren entender por qué se le da tanta importancia al asunto, cuando ellos nunca lo utilizan. "¡Allá los de arriba!" Cuando el problema es del techo, ese es asunto de los que viven en el último piso, porque "mi apartamento no se filtra". Cuando se trata del arreglo extraordinario de la piscina, pues "allá los que la usan" o lo que es lo mismo "que me importa que la mar se seque, si yo no me baño en ella".

Los apartamentos que parecen más inmunes a todos esos problemas, son los que están en la planta baja. Pero puede ser que algún día necesiten de la cooperación de los de arriba, cuando nos azote un ciclón y produzca inundaciones. Entonces sí que los de arriba tendrán oportunidad de cobrárselas, cantándoles aquel numerito del trío Servando Díaz, titulado "Pepe Angulo" "Deja que suba la marea". No obstante todo lo anterior, la vida en condominio puede ser tan placentera o más que si vivimos en una amplia casa sobre un terreno de un acre. Con un poco de comprensión, buena voluntad y cooperación, se pueden solucionar todos esos problemas y disfrutar la vida entre verdaderos amigos dispuestos a servirnos el uno al otro. La clave del éxito es ésta: "Estar conscientes de que nuestro derecho termina donde comienza el derecho de los demás".

(5-28-81)

El Stadium del Cerro

Los agradables momentos que pasamos en el "stadium" del Cerro los aficionados que íbamos a ver los juegos de pelota que allí se celebraban, son realmente inolvidables. La alegría y camaradería que reinaba en aquel escenario, eran únicas. Yo era, sigo siendo, fanático del Habana. Porque la lealtad de los Habanistas y los Almendaristas hacia sus respectivos "clubs", parecía estar basada en la epístola de San Pablo, "en la dichas y en las penas, hasta que la muerte nos separe". Cuando iba al "stadium" me gustaba sentarme en las gradas situadas entre la tercera y el "home". Desde allí disfrutaba de ciertas ventajas, como tener una vista panorámica de todo el espectáculo. Podía ver a Miguel Angel González, el león padre, como le llamaba Manolo de la Reguera, tansmitir sus señas en clave a sus cachorros. Nunca supe por qué Miguel Angel cuando salía a "couchar" y llegaba a tercera, ponía el pie izquierdo sobre la almohadilla y con el derecho marcaba una línea de delante hacia atrás. Desde mi posición participaba de cerca de la algarabía y la alegría de aquel grupo de habanistas que formaban una especie de conga con un trompetista que no tenía nada que envidiar a Julio Cuevas, Walfredo de los Reyes o Federico Fernández Andes. En los momentos de emoción para el "club", uno de los asiduos, español él, vestido de gauayabera, con sombrero de jipi y un gran pañuelo rojo en la mano derecha, bailaba hasta el cansancio a los acordes de los ritmos de aquella conga.

También veía y disfrutaba desde allí a "Chocolatico" Habanero, con su saco y sombrero rojos, corriendo y pitando por todas las graderías cuando don Pedro Formental, el producto de Macabí, Oriente, disparaba uno de aquellos lineazos que echaban humo. Observaba cómo se movían, allá abajo, el inefable Ciro Rodríguez, segunda voz del Trío Matamoros y el inquieto Benny Moré, con su sombrero de paja color morado, ambos puntos fijos en los juegos dominicales, apostando su "quinielita".

Veía a Napoleón Reyes sentado en palco porque ya había jugado el primer turno, y se dedicaba a "pinchar" a Oscar Rodríguez "couchando" en tercera por el

Cienfuegos, y hacía que éste "perdiera los estribos". Ví cómo un día sus compañeros de equipo tuvieron que aguantar a Conrado Marrero, entonces Manager del Almendares, que quería salir a "pitchear" porque ninguno de los lanzadores que mandaba a la lomita podía esa tarde contener el "barrage" de la artillería roja.

Tuve la suerte de ver "pitchear" a "Cocaína" García los últimos juegos de su brillante carrera de lanzador. Y cómo "El Chino" Atán y Amado Maestri le examinaban la bola antes y después de cada lanzamiento buscando trazas de saliva pues a "Cocaína" ya sólo le quedaban "el casco y la mala idea", y en las situaciones difíciles apelaba a todos los trucos que había aprendido en su larga carrera. Disfruté desde mi privilegiada posición, cómo "Vinagre" Maizel lanzaba bolas que más bien parecían balas dejando a los bateadores enemigos con la "carabina al hombro" sin el menor "chance" de ni siquiera "abanicar la brisa". Porque era tal su velocidad, que el bateador se daba cuenta del lanzamiento cuando oía el sonido del impacto de la pelota en la mascota del receptor y ya era tarde para tirarle. Y cómo el "trust" del cerebro del Almendares llevaba a cabo "mítines" en el "dogout" para tratar de descifrar los lanzamientos de aquel monstruo.

Y por supuesto, también sufrí desde allí, las humillaciones a que nos sometió a todos los habanistas, el brazo milagroso de aquel coloso del montículo que se llamó Max Lanier, que hacía lucir como bateadores "manigüeros" a la recia toletería de los leones. Vi, en fin, muchas situaciones inolvidables como aquella imborrable en que "Sagüita" Hernández le echó a perder el juego perfecto de "no hit no run" a Jessup con aquel largo "jonrón" que le disparó cuando ya parecía seguro el triunfo del gran lanzador de ébano de los azules. Y ví allí, he visto después, y seguiré viendo toda la vida, cómo los almendaristas jamás perdonarían a "Sagüita" por aquel "jonrón"… ¡Eso era Cuba, mi hermano!!!"

(6-11-81)

Los Bailes de mi Pueblo

Nací y crecí tierra adentro, en un pueblo de "La divina vueltabajo de mis amores", como le llamara el insigne poeta consolareño doctor Rubén Darío Rodríguez. Los bailes en los pueblos del interior se celebraban en ciertas fechas del año, por ejemplo, el 20 de Mayo, Día de la Instauración de la República; el día del Santo Patrón del pueblo y para despedir el Año. Los vecinos empezaban a planear cada baile con varios meses de anticipación, y comenzaba a alegrarse el ambiente cuando a partir de un mes antes de la fecha de la celebración, oíamos por la estación de radio donde diariamente actuaba la orquesta contratada, ya fuera la de Romeu, Belisario, Cheo Belén o Paulina Alvarez, que dicha orquesta amenizaría el Baile en el pueblo nuestro, el día tal. Es curioso, pero casi todas las orquestas de La Habana, recibían órdenes en algún número de las calles Marqués González, Jesús Peregrino o Benjumeda. Debe ser que encontraban que en esa áreas, los vecinos eran más tolerantes a los ensayos. Es justo que digamos que entre baile y baile, también se celebraba algún que otro "guatequito", si bien éstos, en ocasiones, tenían cierto matíz político y muchas veces terminaban como "la fiesta del Guatao". Pero el baile, más que los "guateques", y tanto como los velorios, constituían la cantera que proporcionaba a los jóvenes de ambos sexos, la oportunidad de conocerse y de iniciar un romance que más tarde los llevaría al altar.

En los velorios, las chaperonas daban más "cordel" a las chaperoneadas, pues se suponía que en un acto tan serio, nadie sería capaz de hacer "nada malo". Su sana actitud mental les hacía olvidar aquello de que "una cosa piensa el caballo y otra el que lo ensilla". Generalmente para ir a un baile, estrenábamos zapatos y como muchos hacían las faenas del campo descalzos, no porque no tuvieran qué calzarse, sino porque les resultaba más cómodo, al poco rato de estar bailando "veían las estrellas", y casi no podían dar ni un paso. Tan pronto terminaba el baile y como el regreso por lo regular era "a pié como Machado", se quitaban los zapatos, los amarraban el uno al otro y se los echaban al hombro. El alivio que sentían sólo es comparable con el que experimenta la mujer muy gruesa cuando, al llegar de la calle, se quita la faja. En aquellos bailes las chaperonas se sentaban en sillas que para su uso exclusivo había colocado alrededor del salón, la sección de Instrucción y Recreo, que ese día, por supuesto, sólo se dedicaba al recreo.

Cuando una muchacha bailaba, tenía que mantenerse a una distancia donde pudiera distinguir el rostro de la chaperona de modo de poder captar las señales que ésta emitía en cuanto a su aprobación o reparos acerca del joven con quien estaba bailando y también para regularle, con ciertos gestos, hasta donde podía acercarse al compañero, pues se suponía que no fuera más allá de los límites de "lo prudencial", regla ésta un tanto imprecisa que permitía cierto grado de elasticidad.

Las orquestas siempre incluían en su repertorio, por lo menos, un pasodoble que casi siempre era "El Currito de la Cruz". Aparentemente se prestaba mejor que ninguno, a su ejecución con la flauta. El pasodoble estaba dedicado a los hijos de la madre patria que no podían competir con el criollo en el danzón y en el bolero. Así el peninsular tenía la oportunidad de lucirse al bailarlo. Además, en la directiva de aquellas sociedades, siempre había por lo menos un español, comerciante acaudalado, que convenía tenerlo contento dado el caso que al llegar el momento de liquidar a la orquesta, el "guanajo" no alcanzara y hubiera necesidad de pedirle que se "pusiera pa' su número". Porque el caballero español, nunca fallaba. Con el danzón había que hacer sus pausas antes de llegar al montuno, momentos que las muchachas aprovechaban para abanicarse y comentar acerca de "la calor que está haciendo". Y el compañero le contestaba: "No me diga na', que estoy echando candela". Y así, de manera sencilla, sana, ingenua y divertida, transcurrían los bailes de mi terruño. Hace pocos días visité, por casualidad, una de las discotecas que existen por acá. Salí de allí a los cinco minutos, "como volador de a peso", medio sordo por la intensidad del sonido y casi ciego por el efecto de los rápidos cambios de luz. Al salir, me vinieron a la mente estas frases de Chicharito y Sopeira: "¡Allá va éso, gallego!" "¡Fuego a la lata, papá!"

(6-25-81)

Los "Especiales" y las "Especialistas"

Alguién dijo una vez que los diplomáticos existen para tratar de resolver los problemas que no se crearían si no existieran los diplomáticos.

Con los especiales ocurre algo parecido. Existen para rebajar el precio de un grupo de artículos que si no se rebajaran harían posible reducir los precios del resto de los artículos. Pero los especiales son una realidad y hay que felicitar a las amas de casa que se aprovechan de ellos y compadecernos de las que no los utilizan y que en definitiva tienen que sufrir en las colas las demoras de las que los usan.

La "Especialista" por exclencia se arma de todos los periódicos que se editan los jueves para recortar los cupones que salen en la edición de ese día. Además, va "market" en "market", para averiguar qué artículos han sido rebajados y que no aparecen en los periódicos. A esta especialista, no se le escapan ni los especiales de la "Vaquita" ni del "Seven Eleven", que ya es decir. La verdadera especialista traba la cola porque quiere cerciorarse de que la cajera ha marcado correctamente el precio rebajado de cada artículo. Generalmente, está mejor informada de los especiales que la propia cajera. Si ésta se equivoca, le llama la atención y hace que rectifique la cantidad que marcó en la contadora. La cajera previamente "chequeará" con la cajera vecina o con el "Manager" a cómo está la docena de huevos grandes ese día. Si la especialista tiene el cupón de cierto artículo y éste está agotado, pedirá a la cajera que le dé el correspondiente "rain cheque". Y lo guardará como si fuera "oro molido" para presentarlo tan pronto sepa que ya se recibió ese producto en el "market". La buena especialista, además, paga con cheque. Y nos hace esperar de nuevo a los que estamos en la cola mientras la cajera va a obtener la autorización del "Manager".

Pero ahí no termina el asunto. Cuando recibe el "slip" que le da la cajera, trata de revisar partida por partida todos los artículos que compró. Al fin se va, para beneplácito de los que estaban en la cola.

Pero es posible que regrese unos minutos después porque al llegar al carrro y guardar "los mandados" echó otra "revisada" y descubrió que a pesar del celo que había demostrado con la cajera, ésta marcó en el "slip" dos pomos de mayonesa cuando ella había comprado solamente uno y ahí está de nuevo para reclamarle a la cajera el importe del pomo extra de mayonesa. Al retirarse definitivamente, comenta bajito: —"Mira ésta, como me quería tumbar", y muestra tal cara de complacencia que ni la del General MacArthur frente a los japoneses cuando éstos estaban firmando la rendición en la Segunda Guerra Mundial.

Y es que para "la especialista" salir a comprar es casi un acto de guerra y necesita planear el ataque y la defensa. En Cuba de seguro que era clienta de la peletería La Defensa por aquello de "Defiéndase en la Defensa". Allá, los "especiales" operaban distinto. Algunas tiendas rebajaban todos los precios en determinado mes del año. Así por ejemplo, en junio, era la de Ultra; julio, el mes del Encanto, y luego venía "Haga su agosto en La Opera", etc., etc. A mi me gustaría ver el "steak" en especial que de seguro me convertiría en un verdadero "especialista" como esas señoras a las que nos hemos referido anteriormente. Pero como para ver rebajado el precio del "steak" primero tendríamos que ver salir el sol por occidente, seguiremos de momento, como en aquel anuncio de "Suaritos", "saborendo el picadillo!!!"

(7-2-81)

Vacaciones y "Hamburgers"

Esta semana regresé de mis vacaciones anuales que disfruté acompañado de mi esposa e hijo. Vengo saturado de Disney World, Sea World y Circus World. Y también del "Hamburger World". Como muchos de los muchachos nacidos aquí, el nuestro, en materia de comidas, siente fuerte predilección por el "Hamburger", hasta el punto que para él representa, su "Plato" favorito.

A mi el "Hamburger" también me gusta, pero no hasta ese extremo. Después de comerlo dos o tres días seguidos, siento la casi necesidad de ingerir algo así como una fabada, o un arroz con pollo. Debe ser por el genes asturiano que llevo dentro.

Los españoles nos enseñaron muchas cosas buenas, entre ellas, a comer bien. Y a bailar el pasodoble. El pasodoble es la versión hispánica del vals austríaco. Y el precursor del "jogging". Pues si no fuera por su música, calificaría como deporte; con la ventaja para el pasodoble que se corre abrazado a una dama.

EL "Hamburger" representa el concepto americano de la frita cubana. Aquí le cambiaron el pimentón por la mostaza y el "catchup". Y las papas fritas, que formaban parte integral de la frita, los americanos, con más sentido del rendimiento económico, se las extrajeron para que el parroquiano que las desee, tenga que pagarlas como una artículo adicional.

En Disney World se queda uno maravillado ante el genio creador de aquellos espectáculos. En verdad, es digno de verse. Y causa asombro la rapidez y eficiencia con que pasan por tantas atracciones a los millones de visitantes que a diario concurren a ese lugar. No sé si Disney copió a "Crusellas" o éste a aquel, pero viendo procesar a tanta gente, recuerda uno aquello de "remoje, exprima y tienda". Qué agradables son las vacaciones y cuánto bien nos hacen. Regresamos como nuevos, optimistas y alegres. Pero poco a poco, ya reintegrados a la rutina diaria, se va esfumando el efecto bienechor de las vacaciones y se esfumará por completo, cuando recibamos las cuentas de los "credit cards".

(8-6-81)

Mangos, pero no del Caney ni de la Torrecilla

Cristóbal Colón que antes de descubrir América ya había viajado por la mayor parte del mundo conocido hasta entonces, se quedó extasiado ante la belleza tropical de Cuba. Más de cuatrocientos años después, Félix B. Caignet, concibió el precioso son, "Frutas del Caney", que es un himno a la belleza de aquella tierra oriental, al describirla como "cuna florida donde vivió el Siboney", y "tierra divina donde la mano de Dios echó su bendición".

En ese mismo número musical nos habla del encanto de las frutas cubanas entre ellas, el mango, "llenas de aroma y saturadas de miel" y "dulces como labios de mujer". Siempre he compartido el criterio sustentado por Colón y Caignet sobre la belleza de nuestra tierra. Hasta el punto que no concibo otro lugar más adecuado para el Paraíso Terrenal, que la Cuba de antaño. Para mí que fue un mango y no una manzana, lo que dió a probar Eva a Adán. Y la reacción por todos conocida, de Adán, parece más lógica ante una manga amarilla que ante una manzana.

Los que vivimos en Miami tenemos la suerte de haber encontrado aquí, esta deliciosa fruta. Quizás no tan rica como la nuestra, pero mango al fin. Porque a mí, hasta los "mangos jovos" que nos llevaba a casa cuando yo era niño, el buen negro Evaristo, en "catauro" de yagua hecho por él, me sabían a gloria. Evaristo fue esclavo en su juventud. Recuerdo que un día me dijo que traía "ocho mangos y cingo mangos". El no sabía contar más allá del ocho.

Tuvo nueve hijos, "ocho hombres y una mujer", decía él. Ni para eso necesitó saber contar más de ocho. Pero Evaristo, que vivió 110 años y que hasta los 100 "subió la palma real sin trepadera" para desmochar palmiche, no necesitaba saber contar. Su ignorancia de las matemáticas la suplía con creces con su bondad, nobleza y calidad humana. De estas cualidades, tenía para regalar.

Y a propósito. Y tomen nota "esclavos" del colesterol. Su alimentación básica era yuca y carne de puerco. A la hora de comer, tenía siempre en jaque a su buena esposa Carlota, pues contínuamente le pedía: "yuca pa' la carne de puerco"; y luego "carne puerco pa' la yuca", hasta que Carlota terminaba por decirle: "Acaba de balancear, Evaristo".

En un viaje que dió su hija Eulalia a La Habana, ésta se enamoró de Teófilo, un dulcero del Cerro, que según ella, "era un caramelo". Casaron al poco tiempo yendo a residir a Churruca 33 en dicha barriada. En una ocasión que Eulalia visitó a sus padres, invitó a Evaristo a ir a La Habana, para que viera "lo más lindo de esta tierra". Evaristo quedó pensativo y al rato le contestó: "Gracias, hija, pero yo no quiero ver na' mas lindo que las palmas, los sinsontes y los tomeguines del pinar".

En la mayoría de los patios de las casas de los cubanos que vivimos en Miami, hay por lo menos una mata de mangos que encontramos ahí cuando nos mudamos, o la hemos sembrado. Yo también tengo una en mi patio que produce bastante, si bien para lograrlos, mantengo durante la temporada una lucha constante con los pájaros "blue jays" y las ardillas. Y ésto es algo que viene a afianzar mi creencia de que, en efecto, el Paraíso Terrenal, estuvo en Cuba.

(8-13-81)

Los Ciclones

Estamos en plena temporada de ciclones. En este país, al comenzar cada año esta época, se publican y ofrecen por radio y televisión, consejos acerca de las precauciones que debe tomar la ciudadanía, tales como comprar velas, linternas, pilas para el radio portátil, papel engomado, clavos, etc. Los americanos toman muy en serio esos consejos y dan extraordinaria importancia al "weather report" cada día del año.

Eso de saber que en Miami hay 80 grados de temperatura, 80 en Hialeah y 80 en Miami Beach, y 80 en Fort Lauderdale es para ellos de capital interés. ¿Por qué? No sé. Los cubanos sabíamos que con excepción de Rancho Boyeros y Placetas, en el resto de la Isla había siempre la misma temperatura. Y no tenían que repetírnosla cada media hora. Allá el pronóstico del tiempo siempre hablaba de "lluvias diseminadas por todo el territorio nacional". Con éso nos bastaba y quedaba bien el "weather man", que con tal reporte nunca se equivocaba.

Antes de existir la radio, los guajiros de mi comarca averiguaban el pronóstico con el viejo isleño Don Julián. No porque éste supiera de meteorología, sino porque con los años de trabajo en el campo usando zapatos "Cañón" había desarrollado en sus pies sendos callos en extremo sensibles a los cambios atmosféricos.

Los cubanos siempre hemos tirado un poco a choteo los avisos de posibles ciclones. Consideramos que prepararse con mucha anticipación, le resta emoción al asunto. Es como comprar en junio las tarjetas de Navidad que vamos a enviar en diciembre. El '"rush" de última hora, es parte de "vivir el drama". Ir a una ferretería buscando clavos y tablas cuando ya están anunciando que esa misma noche el ciclón va a empezar a azotar los cayos y encontrar que otros se nos adelantaron y "no dejaron ni los clavos". Seguir de corre corre para otra ferretería donde experimentamos el mismo caso. Hasta que por fin el amigo Juan Rodríguez de "La Tijera", nos resuelve el problema.

En lo que sí somos exagerados los cubanos es en lo de comprar comestibles para esperar el ciclón. Nos preparamos como si fuéramos a estar un mes sin poder salir de la casa. Y hasta los que están a dieta se exceden comiendo y tomando cerveza por aquello de que "un día es un día", y "el ajiaco ése que cocina como nadie, tía Fefita, no me lo pierdo yo"; tal parece que la baja de la presión atmosférica produce reacción inversa en el apetito. Ya preparados y esperando que comience a azotarnos el fenómeno atmosférico en cualquier momento, oímos el último boletín del tiempo donde anuncian que el ciclón se desvió de repente y que se ha adentrado en el Atlántico.

"¡Qué frustración"! "Yo que lo estaba esperando con todos los hierros". Pero cuando pasa la tensión respiramos con alivio y damos gracias a Dios por haberlo desviado. Antes de que existieran los satélites meteorológicos y los aviones cazahuracanes, en Cuba, después que el ciclón dejaba atrás Caimán Grande, Cayo Guano del Este y Carapachibey, el fenómeno se convertía en algo así como una ruleta rusa, que no se sabía por dónde atacaría. Y hablando de ciclones y sin pretender copiar al bien documentado Fausto Miranda, le diremos que usted posiblemente tenga alguna pieza dental postiza, si era muchacho cuando el ciclón del 44 azotó La Habana. Que probablemente use dentadura postiza en su madíbula superior, si recuerda el ciclón del 26 que también pasó por La Habana. Y que sin lugar a dudas usa planchas postizas "arriba y abajo" si ya había nacido cuando "el ciclón de los cinco días" arrasó a Pinar del Río.

Para el cubano, el anuncio de ciclón produce una mezcla de preocupación y euforia, no fácil de describir. Quizás represente bien ese especial estado de ánimo, la expresión que tuvo un amigo mío, galeno él, cuando el día del anunciado ciclón del pasado año, coincidimos en la luz roja de un semáforo. Al saludarlo y preguntarle ¿Cómo estás?, me contestó: —"aquí, cicloneando!!!"

(8-20-81)

Comenzaron las Clases

Terminaron las vacaciones y las escuelas de la ciudad se han llenado de alegría al comenzar las clases. ¡Qué espectáculo tan hermoso ese de ver a los niños yendo a la escuela y en especial, el primer día del curso! Con ropa y zapatos nuevos. Luciendo pelado del sábado anterior. Con su "back-pack" y su "lunch box" de "Peanuts", o "Mickey Mouse" o "Flinstone". Al empezar las clases los hogares donde hay niños se quedan "vacíos". Las calles se inundan de silencio. Su ausencia se nota por todas partes. Ya los juguetes no van a estar interrumpiendo el paso en la sala ni en el "family room". Las competencias de bicicletas y patines en las aceras circundantes, terminaron. El "entra y sale" de nuestros hijos y sus amiguitos vecinos, se ha detenido. No más trueques de bates por pelotas, de patines por una mascota, de ranas por lagartijas. Hasta el perro de la casa añora a "su amo" y no recobrará su alegría habitual hasta que el niño regrese de la escuela. Con su característico olor a lápiz y libreta. A "magic markers" y a creyones.

El baño diario vuelve a su rutina normal. Ya no habrá que esperar a que caiga el sol para que los niños tomen su baño diario, pues durante las vacaciones quisieran seguir jugando hasta que fuera de noche. Los que tenemos la dicha incomparable de tener hijos, disfrutamos la felicidad de gozar sus travesuras y sus ocurrencias. No se le puede dar precio en este mundo a la expresión de un niño a quien al ir a ayudarle a lavarse las manos porque aún no alcanza bien al lavamanos, nos extiende su mano derecha al tiempo que nos dice que la otra mano no necesita lavarse porque está limpia. Cuando al regresar del "nursery" el primer día de asistencia y preguntarle si aprendió alguna palabra en inglés, nos contesta que aprendió a decir "sit down" y "be quite".

Desde que yo era niño oigo decir la expresión: "cómo saben los muchachos de hoy en día". Creo que esa observación deben haberla hecho los padres desde el inicio de la humanidad. Pero no hay la menor duda que los niños de hoy "cortan". Aquello de que cuando se le cae el primer dientecito al niño y éste lo coloca por la noche debajo de la almohada, el ratoncito vendrá a dejarle dinero, provocaría en los niños de hoy la invención de la trompetilla si no fuera porque ésta ya está inventada. Y aquello de que al recién nacido lo trajo la cigüeña de París, no hay padres que osen decirlo al niño, so pena de que nos tomen por retrasados mentales. Venirle con esas boberías a ellos que ya saben "hasta donde el jején puso el huevo". Y es que en esta época del transbordador Columbia y de naves espaciales enviando a la tierra fotos en colores de planetas situados a millones de millas de distancia, las mentes infantiles se amplían hasta el infinito.

Afortunadamente, los niños, todavía tienen reacciones inocentes, ocurrencias tales, que a veces uno quisiera que ellos se mantuvieran niños para siempre. Una amiga con la que comentaba hace poco estas observaciones, me decía que en efecto, los niños tienen esa etapa preciosa en que uno siente deseos de comérselos. Pero que después, al crecer, llegan a otra etapa en la que uno lamenta no habérselos comido. Lo decía, por supuesto, como un chiste; pero con esa frase quería expresar su preocupación de madre ante los riesgos que enfrenta la juventud en estos tiempos. Cuando nuestros hijos son niños, estamos tranquilos porque los tenemos bajo nuestro control. Y por la noche, vigilamos su sueño en la habitación contigua a la nuestra. Cuando crecen y se "liberan", es cuando comienzan las preocupaciones serias y no lograremos conciliar nuestro sueño, hasta que sepamos que han regresado al hogar, sanos y salvos. Cristo por algo dijo: "Dejad que los niños se acerquen a mí". Martí, señaló: "Los niños son la esperanza del mundo". Para los padres, los niños son, además, la alegría del hogar; gozar intenso de sus ocurrencias infantiles; razón para seguir viviendo...

El Manejar y su Influencia

Lo de los muchachos aquí en cuanto a empezar a manejar y a tener su propio carro, es casi de locura. A los 15 años ya quieren obtener la licencia restringida porque todos sus amigos la tienen. Y a los 16, la definitiva. Y como es natural, manejar su carro. Que quisieran fuera un Corvette, un TransAm o un Porsche. Y a todas éstas, sin contribuir al pago del seguro ni del carro. Porque lo que ganan en el "part time" que tienen en el Burger King o el McDonald, no les alcanza ni para sacar el perro a pasear. Casi todos los padres acceden a lo de la licencia con tal de quitarse de arriba la "cantaleta". Algunos padres hasta le compran al hijo carro del año. La mayoría de los muchachos se transan por un "transportation", siempre que éste tenga ruedas anchas y reforzados sus muelles traseros. Lo que le da al carro aspecto de que va a iniciar una vuelta de carnero. Los muchachos que hacen chillar las ruedas del carro, o bien no pagan la gasolina ni las gomas, o están exteriorizando, a través del vehículo, un deseo frustrado. No se dan cuenta de lo dichosos que son al disfrutar de la abundancia económica de este país. En Cuba, los jóvenes del campo a lo más que podíamos aspirar en materia de transportación cuando arribábamos a los 16 años, era a alguna yegüita, o al caballo que ya no montaba el abuelo porque tropezaba a caerse. Y nos íbamos a ver a la novia en esa cabalgadura y hasta "en pelo" con el corazón lleno de ilusiones. Y los bolsillos vacíos. Los jóvenes de La Habana se conformaban con el transporte que les brindaba la democrática guagua.

Y así íbamos al cine y a las fiestas, felices con la prometida y con su abuela que chaperoneaba desde el asiento posterior. Y si vivíamos más allá del río Almendares, un poco antes de que la guagua llegara al puente, el conductor, siempre "amable" y "en finos términos", nos sacaba de nuestro acaramelamiento poniéndonos su mano en el hombro al tiempo que nos decía: —"Desconecta mi socio, y bájata de la nube, que llegó el momento de aviñar la yira que vamos a brincar el charco". Le dábamos entonces los dos centavos nuestros y los dos de la novia que era el costo adicional por cruzar el puente. Pero como el conductor recordaba que al tomar nosotros la guagua también habíamos pagado por el pasaje de la abuela chaperona, nos volvía a tocar el hombro para decirnos: —"Dime, Caballo. ¿y la Ocamba, qué? ¿La tiro al serpenteante pa' que lo cruce a nado o se la lleve la corriente?"

Antes, era difícil aprender a manejar los carros de entonces. Primero, había que dar cranque hasta el cansancio para que arrancara el motor y hacerlo con la varilla de la chispa para abajo y la de acelerar a "media caña" y evitar que el cranque nos "pateara". Tan pronto arrancaba el carro había que ir rápido a subir la chispa porque si no, se apagaba el motor y había que repetir la operación.

Aprender a operar las velocidades y sincronizar estas con el "clutch", llevaba bastante tiempo. Y a los mayores, toda la vida. Siempre salían dando brincos. Para mover el timón de aquellos carros había que ser fuerte como el "Incredible Hulk". Hoy aprender a manejar es un paseo. En los autos modernos, todo es automático. Si los carros de ahora fueran como los de aquella época, el movimiento feminista ERA nunca hubiera llegado ni a la esquina. El "power steering", el "power brake" y la transmisión automática, han hecho más a favor de la liberación de la mujer en este país que la constitución y sus enmiendas. Y casi tanto, como los maridos que lavan los platos y cambian el "pamper" al bebito.

(10-1-81)

Las Retretas

Desde que Diego Velázquez fundó en Cuba el primer pueblo y los que se fundaron posteriormente en la isla y el resto de la América hispana por los colonizadores españoles, lo primero que se planteaba era un parque o plaza central desde donde se iban expandiendo las construcciones, comenzando con la iglesia católica, los edificios para albergar la autoridad militar, la administración civil, representación del poder judicial y una escuela. Con el devenir de los años en casi todos los pueblos y ciudades de cierta importancia, alguna banda municipal o militar deleitaba musicalmente, con instrumentos "de viento" y percusión, a las personas que concurrían a esos parques o plazas cada domingo en la noche tropical criolla. A este acontecimiento se le daba el nombre de retreta. La retreta era la cantera de donde surgían casi todos los noviazgos del pueblo, que más tarde llevarían al matrimonio... Las muchachas caminaban en grupos en cierto sentido y los jóvenes lo hacían en sentido inverso. Comenzaba el proceso con una mirada de reojo para luego pasar "al dicho y después al hecho". En mi Pinar del Río, era la banda militar del regimiento Rius Rivera la encargada de tocar en las retretas. La dirigía magistralmente el connotado músico, compositor y arreglista pinareño, Jacobo Rubalcaba, un nombre unido para siempre al más popular de los danzones cubanos, El Cadete Constitucional. Las personas mayores se sentaban en sillas plegables que a precios muy módicos alquilaba el popular personaje, "Voy Once" apodo que le venía por su afición a las apuestas en las lidias de gallos. Cuando terminaba de alquilar las sillas, "Voy Once" parqueaba el carro, que era tirado por un mulo, a una cuadra del parque y resultaba curioso cómo al finalizar la retreta y ejecutar la banda el Himno Nacional, el mulo, como movido por un resorte, llevaba el carro al parque junto a su dueño para que éste cargara de nuevo las sillas para el viaje de regreso. En La Habana, durante muchos años, actuó en las retretas que se llevaban a efecto en la explanada de La Punta, la banda del Estado Mayor del Ejército que dirigía el capitán Luis Casas Romero, que también era, además, extraordinario compositor del género de "criollas", como aquella titulada "Si llego a besarte". Casas Romero fue, asimismo, uno de los pioneros del radio en Cuba, habiendo fundado en la década del 30 la estación de onda corta C.O.C. En aquella época la onda corta se popularizó, sobre todo tierra adentro, pues se oía mejor que las estaciones de onda larga ya que éstas eran débiles y los radios no estaban preparados para filtrar la "estática". La C.O.C. tenía algunos buenos programas en vivo y como sé que a mis lectores les gusta recordar estas cosas, les hablaré de uno en particular. Era un programa amenizado por un conjunto musical. El grupo estaba integrado por músicos de cuerpo entero, y eran ellos, Angel Valdés Linares, Violín Primero; Armando Ortega, Violín Segundo; Rodolfo O'Farril, Cello; Baterías, Cecilio Vergara, Güiro y Maracas, y Danilo García, Bongó; Cantante, Antonio Lugo Machín, pianista y director, Armando Valdespí. El programa era patrocinado por los cigarros "Maravillas". Años depués la C.O.C. se convirtió en COCO y estableció la estación de onda larga CMCK, que transmitían simultáneamente. Pero volviendo a las retretas. Después que salí de Cuba, sólo he disfrutado una y fue un domingo por la noche en San Cristóbal, Estado del Táchira, en Venezuela. La banda era muy buena y se prolongó la velada hasta bien entrada la noche. El día siguiente, era festivo y se celebraban allá unas corridas de toros con la participación del famoso Paco Camino. Fuí a la corrida y me tocó un asiento cerca del grupo de músicos que amenizó la fiesta brava. Todos eran miembros de la banda que había actuado la noche anterior en la retreta y daban señales de no estar muy despiertos. Cuando Paco Camino estaba haciendo toda suerte de pases y desplegando ante el toro un verdadero derroche de valentía que electrizaba a la concurrencia, un joven, aparentemente ardiente fanático del torero, se viraba con frecuencia hacia los músicos y les gritaba: "Pero toquen, toquen, ¿Qué están esperando?" Los músicos parece que querían más acción para salir de su letargo y empezar a tocar o ponían oídos sordos a los requerimientos del joven fanático que repetidamente solicitaba música. La última vez que el joven volvió a preguntar a los músicos "¿qué esperan?" el que hacía de director del grupo al fin le contestó: "Estamos esperando que el toro coja al torero, Vale".

Aquí no hay retretas. Ni el ambiente para ellas. ¡Qué lástima!

(10-29-81)

Las Series Mundiales de "Base Ball".

Desde niño he sido fanático de los Yankees. Mi hermano mayor lo era y me captó para el mismo club. Igual me pasó con lo de fumar. El fumaba y lo imité. Uno fuma el primer cigarrillo "pa' tirar un plante" y con los años el cigarrillo puede llegar a "tirarlo a uno al hoyo". Aquella era la época de Bill Dickey, Lou Gherig, Tom Lasserie, Frank Crossetti, Red Rolfe, "King Kong" Keller, "Pisabonito" Selkirk, Joe Dimaggio y el "jefe indio" Ally Reynolds. Después vinieron los Yogi Berra, Billy Martin, Mickey Mantle, Roger Maris, etc. etc. Como fanático de los Yankees he disfrutado más triunfos de Series Mundiales que los seguidores de otros equipos. Con los Yankees siempre podía esperarse el milagro de última hora. Como en aquella famosa serie en que con el campeonato ya prácticamente perdido, pues acababan de contarle el "tercer strike" al útlimo bateador en el noveno "inning" de lo que ya lucía el último juego de la serie, cuando al "catcher" contrario, Mickey Owens, se le escapó la bola permitiendo que el bateador ya "ponchado", llegara a primera. Eso era todo lo que necesitaban aquellos famosos Mulos de Manhattan para demostrar su poderío destructivo. Ahí mismo desataron tal ataque, que tembló Yankee Stadium y a "palo limpio" no sólo ganaron aquel juego, sino también los juegos subsiguientes, terminando por ganar la serie munidal. "Mickey" Owens, que era un "catcher" estelarísimo, jamás pudo recuperarse de aquel costoso error. No volvió a ser nunca el mismo "catcher", ni la misma persona, y terminó yéndose a México para jugar para los hermanos Pasquel.

En Cuba ya en la década de los 50 teníamos el privilegio de disfrutar por televisión, las transmisiones directas, de los juegos de las series mundiales. Pero no era así años atrás. Cuando no existía la televisión, ni cuando la radio carecía de los recursos necesarios para transmitir directamente. Y René Cañizares hacía maravillas en el estudio de la CMQ para darnos la impresión que estaba transmitiendo desde el parque de pelota. Ponía de fondo un disco de gritos, aplausos y silbidos, grabado en un juego real. El sonido del batazo lo imitaba golpeando un lápiz contra una cajita de madera logrando tal efecto, que todo parecía verídico.

Llillo Jiménez, de la Reguera, y otros cronistas radiales, hacían algo similar desde otras emisoras. Cañizares fue el primero en tratar de transmitir las series mundiales desde Estados Unidos. Tuvo que luchar mucho para conseguir la aprobación del famoso Juez Landis que a la sazón era el Comisionado de baseball. Pero al fin, con mucha perseverancia y más tesón, logró abrir el camino para las transmisiones directas.

El "baseball" parece un deporte que altera el funcionamiento de las glándulas salivales del jugador. Tanta saliva producen y expulsan los jugadores, que diríase que cada uno tiene dentro un pozo del acueducto de Albear. No debe haber nada más desalentador para el operador de la cámara de televisión que tiene enfocado a determinado jugador en el "dogout" que éste, de repente, dispare tremendo "salivazo". Ni nada más desagradable para el televidente. No sé por qué aquí los camarógrafos nunca enfocan al "coach" de tercera cuando está dándole la señal al bateador de turno. Sin embargo, enfocan a éste último que al mirar hacia tercera para buscar la señal del "coach", pone cara de "pollo criado en pilón". Enfocan también, contínuamente, al "catcher" dando al pitcher la señal de lanzamiento que debe ejecutar para cada bateador. Señas que por la manera en que se transmiten y el misterio que las rodea, harían ruborizarse a quien no conociera de pelota. Como viejo y fiel fanático de los Yankees, al iniciarse esta última serie, quería, como es natural, que éstos la ganaran. Pero observando durante cada juego el espíritu de lucha, la tenacidad y cohesión del "team" de los "Dodgers" y el extraordinario y contagioso entusiasmo de su popular "manager" Tom Lasorda, créanme que me olvidé de mi "Yankismo" y terminé, deseando primero, y celebrando después, el triunfo de los "Dodgers" de Los Angeles. ¡Honor a quien honor merece! Y Lasorda y sus muchachos, se lo merecían de sobra.

(11-9-81)

Las Piqueras

Entre las muchas cosas que siempre he añorado de Cuba, están las piqueras de autos de alquiler. Sobre todo las del Vedado en cuyo barrio viví los últimos años antes de partir hacia el exilio. Estaban situadas en las esquinas más concurridas, generalmente, cerca de una bodega. La mayoría de estos carros de alquiler eran manejados por sus dueños, muchos de ellos, españoles. La piquera criolla era una especie de tertulia donde se discutían, a veces acaloradamente, pero sin que la sangre llegara al río, los sucesos diarios de toda índole, tanto locales, como nacionales, y por supuesto, internacionales. Su oficio de chofer les proporcionaba tiempo suficiente para leer cuanto periódico y revista se editaba. Esas discusiones podían iniciarse como ésta que presencié: uno de aquellos choferes, gallego y franquista, después de completar la lectura del Diario de la Marina, lanzó al aire como quien no quiere la cosa, el siguiente comentario: "Pues hombre, parece que Franco está preparando el camino para el retorno a la monarquía". Tal expresión era como una banderilla que hubiera clavado en el chofer vecino, partidario del anarquismo. Empezaron a insultarse mutuamente hasta que los interrumpió el timbre del teléfono de la piquera, colocado en una cajita de madera, situada en una columna del portal de la bodega, "La Primera del Ferrol", propiedad de Don Belarmino quien cobraba a los de la piquera cinco duros mensuales por permitir dicho teléfono en una de las columnas de su establecimiento. Teléfono, que dicho sea de paso, solamente podía recibir llamadas. El teléfono en esta ocasión lo contestó el chofer franquista, que en ese momento la rotación lo había puesto en el primer lugar en la piquera. Una vez que atendió la llamada y al ir a tomar su carro para salir a recoger al cliente, dirigió al anarquista la siguiente saeta: -"Era la señora Marquesa para que la lleve al Encanto. No sé cuándo regresaré". Ni corto ni perezoso, su interlocutor le espetó: -"Pues aprovecha y dile a la Marquesa que te compre un jabón para que te bañes". —"¡Ay si la envidia fuera tiña!" —"Llévatelo viento de agua". El español cuidaba su carro tanto como las niñas de sus ojos y lo mantenía siempre reluciente y en excelente estado. Eran muy seguros manejando, si bien nunca soltaron el vicio de abrirse en las curvas, ni el de inclinar la cabeza, el tronco y las extremidades superiores en el mismo sentido que se movía el carro al coger la curva.

Por lo regular, cada chofer tenía un grupo de clientes fijos y se llegaba a establecer una sólida amistad entre chofer y cliente. Claro quer había sus excepciones. Como en este caso en que un chofer, gallego, tomó un día como pasajero a un catalán. Era una mañana bastante fría. El catalán, siempre cuidándose de la corriente del aire, tan pronto se sentó en el asiento posterior del vehículo, subió las ventanillas de las puertas traseras. Luego pidió al chofer que subiera la ventanilla de la puerta delantera derecha a lo cual, un tanto a regañadientes, el gallego accedió. Pero unos minutos más tarde, el catalán pidió al chofer que también subiera la única ventanilla que quedaba abierta, o sea, la que está junto al chofer. Este ya no pudo aguantar más y estimando que el catalán se había excedido de lo prudencial, dijo a éste: "Usted mandará en las ventanillas de atrás y hasta en la de adelante a la derecha, pero en ésta al lado mío, en ésta, mando yo y no la subo". --"Habías de ser gallego", murmuró el catalán. —"Sí señor, de Vivero y a mucha honra". Y detuvo el vehículo e hizo que el catalán se bajara inmediatamente. Al abandonar el lugar en su carro, el gallego disparó al catalán esta frase a modo de puntillazo: -"No se 'resinan' a 'acetar' que el gallego Franco sea quien los gobierne".

Aquí no hay piqueras. Los carros de alquiler están todos medio destartalados. No existe identificación entre el pasajero y el chofer. En Cuba la carrera costaba dos pesetas. Aquí solamente por montar en el TAXI, ya el marcador señala que debemos setenta y cinco centavos. Y cuando comienza a avanzar el vehículo, el marcador va acumulando tantos dólares como los que se gastan en Miami en una campaña política para comisionado, que ya es decir. Algún día las estadísticas de este país señalarán que el principal origen de las tensiones y el mayor causante de infartos de los ciudadanos, es el TAXI. Para el pasajero, por la presión que representa ir mirando como va subiendo en el marcador, el costo de la carrera. Para el chofer, por no saber "cuál será su destino" en ese viaje que va a emprender con el pasajero extraño que acaba de recoger en la calle a las 10 de la noche y que le da la orden de ir "hacia los Everglades"!

(11-19-81)

El Inoportuno

Hay quien nace y muere inoportuno. El tipo que siempre está fuera de onda, atravesado. Se destaca sobretodo porque no tiene sentido de lo que es "meter la pata". Llega a casa a visitarnos sin previo aviso cuando nos disponíamos a salir a pasear con la familia o a ver en la TV un partido de pelota o de "foot-ball" y para colmo, no entiende ninguno de los dos juegos. El Inoportuno cuando ve a su médico en algún acto social, lo llama para un lado para preguntarle qué debe hacer para eliminar la molestia que desde hace días, le está produciendo una hemorroide externa, porque aunque ya probó con la Preparación X, le sigue. Y aprovecha para también consultarle sobre su mujer que últimamente está haciendo muy malas digestiones y tiene muchos gases. Es el mismo sujeto que cuando ve a su banquero en el "grocery" le dispara a boca de jarro que le devolvieron un cheque sin fondos cuando él está seguro de que tenía saldo en su cuenta. Y le da las matrices de la chequera para que el banquero sume y reste las transacciones que allí aparecen para que vea que él tiene razón. Si el Inoportuno nos ve comiendo pescado, nos dirá que la última vez que ingirió ese plato, se pasó la noche "del timbo al tambo" y "del tambo al timbo" y que la cosa terminó en el hospital con tremenda vomitera. Si nos oye tosiendo, dirá que con una tosecita así comenzó lo de Clodomiro y mira dónde acabó. El Inoportuno comentará que estamos mas gordos, cuando es lo cierto que hace una semana que empezamos una dieta de carbohidratos y estábamos de lo mas contentos porque habíamos rebajado 5 libras. Nos dirá delante de nuestra esposa que hace una semana vió en el "downtown" a Maricusa, aquella novia que teníamos en la Habana, que acaba de llegar de Cuba vía España. —"Lo primero que hizo cuando me vió fue preguntarme por tí y que dónde trabajas". Si coincidimos en una fiesta bailable, al inicio de un danzón, cuando nos disponíamos a bailarlo con nuestra esposa, el Inoportuno se nos acercará, con cara de mucha pena, para darnos el pésame por un ex-tío político que se nos murió en Cuba hace cuatro años. A estas alturas y en este lugar. Y quiere que le cuente cómo fue el caso, pues él quería a Periquito como a alguien de su familia. Como sé que no se irá mientras no se lo cuente, le digo algo que recuerdo de cuando me escribieron en ocasión del deceso. —"El tío, como tú sabes, tenía 89 años. Se despertó ese día y le pidió a su mujer, de su cuarto matrimonio, —porque Periquito aunque era el pobre bastante "mal encabao" tuvo suerte con las mujeres, —que le hiciera un poquito de café. La mujer fue para la cocina y cuando regresó y lo llamó, el hombre "no respondió al pase de lista". —"Pero no me digas, Chico, que Periquito se fué de este mundo con ganas de tomar café. ¡Cosa más grande!". —"Bueno, sí, pero por otra parte, se fué sin el desconsuelo de saber que no había café, porque en realidad la mujer venía a decirle que la cuota del mes, se había acabado". Va a iniciar la retirada y como para entonces el danzón, que era el Cadete, iba en su ejecución mas allá de los tres pitazos, le pedí el abanico a mi señora para echarme fresco y de paso, espantar a la tiñosa que como todo inoportuno, llevaba éste posada sobre su cabeza...

(11-15-83)

House For Sale (Open)

Para muchos americanos, visitar las casas que están a la venta, constituye un pasatiempo dominguero. Aquí la gente se muda de casa como de ropa. En Cuba vivíamos la misma casa generación tras generación. Y todo el mundo sabía que en tal esquina, vivían los González, en la otra, los García y al lado, los López. Pasaban 40 ó 50 años, y en aquellas casas seguían viviéndo los González, los García y los López. Echábamos raíces en el barrio. Y el bodeguero, el barbero y el chofer de la piquera, eran como de la familia. Pero aparte de que allá no se mudaba la gente con tanta frecuencia, el domingo lo dedicábamos a ir a la iglesia, a la pelota o al cine o concurrir a alguna que otra romería gallega o asturiana convocada por los hijos nostálgicos de Cangas, Chantada o Santa Marta de Ortigueira. A las romerías se iba a beber cerveza, a comer empanadas gallegas y jamón serrano. Y a bailar pasodobles con el Quinteto Tomé o el Conjunto Barcalés. Y danzones con Arcaño, Belisario y la Gris de Valdés Torres. En estos lares cuando se vende una casa se le exige al vendedor que presente prueba de que el techo está en buenas condiciones y que el inmueble está libre de "termite" o comején. Porque no hay techo que dure más de 10 años. En Cuba se echaba el techo para toda la vida y cuando había alguna gotera, se cambiaba la teja y el asunto se arreglaba con cinco o diez pesos. Aquí cuando se presenta una gotera significa que hay que poner techo nuevo completo que cuesta de cinco a diez mil dólares. La casa donde yo nací y me crié en Cuba, era de madera y techo de tejas. Fue construída por mi abuelo a fines del siglo pasado y se mantenía como acabada de fabricar. Cuando se detectaba la presencia de comején se le echaba un poco de Flit y a otra cosa. Aquí los del "Pest Control" buscan y rebuscan el comején y si no lo encuentran en la madera nos dirán que está en la tierra y tenemos que poner la carpa inmediatamente para eliminarlo lo cual nos costará entre quinientos y mil dólares. Y nos obligan a abandonar la casa por 48 horas. Si mantenemos buenas relaciones con la suegra, nos colamos en su casa y no incurrimos en mayores gastos. Pero si las relaciones con la autora de los días de nuestra esposa son como en aquella guarachita que aconsejaba "enterrarla bocabajo pa' si se quiere salir que se vaya más pa' bajo", entonces tendremos que alojarnos en un hotel. Dije hotel y no motel, porque si por casualidad caemos en uno de esos motelitos conocidos como de "alta movilidad", tendremos en los cuartos contiguos, vecinos nuevos cada media hora. Que con el "entrisale" que se traen, no nos dejarán conciliar el sueño en toda la noche...

(11-22-83)

Visitando al Dentista

Desde la época en que a mi abuelo le extraían piezas de la boca, sentado y amarrado en un sillón cuadrado que más bien se parecía al del garrote, a nuestros días, la odontología ha avanzado extraordinariamente. Ahora los dentistas usan un tipo de sillón que vibra y se pone horizontal para que el paciente se sienta "relaxed". Con la anestesia conductiva le duermen a uno la "marímbula" completa, como decía Sergio Acebal. Aquello del tratamiento de una carie que requería 20 visitas al dentista para que nos cambiara otras tantas veces la gutapercha, se acabó y ahora en un solo día nos limpian y empastan la carie. Porque la famosa y temida maquinita que antes se accionaba con el pie y cuya fresa al taladrar producía tanto dolor, ruido y vibración como un taladro, la substituyeron con una máquina eléctrica de miles de revoluciones por segundo que va echando agua mientras trabaja y elimina el dolor, ruido y vibración. Ya no tenemos el problema de qué hacer con la saliva que se iba acumulando mientras nos trabajaban una carie ni con aquellos rollos de algodón que nos ponían entre el labio y la encía y que se iban rodando y acababan nadando en la boca hasta que encallaban sobre la lengua, pues con los extractores automáticos, se terminó el invonveniente. Ni hay que estar media hora con la boca abierta para que se seque el empaste, pues el producto que usan hoy día, seca en el acto. Sin embargo, a pesar de todos esos adelantos de la ciencia, el que más y el que menos, se pone nervioso al ir al dentista. Y en la sala de espera, nadie habla con nadie. No hay de qué. A nadie le interesa el dolor del flemón del otro. Lo que hacemos mientras esperamos, es hojear revistas viejas y manidas donde leemos noticias que ya son fiambre y vemos fotos de personajes que fueron y ya no son. Las revistas viejas en el consultorio son como gollejos a los que se les extrajo el jugo. No pasa lo mismo en la sala de espera del partero. Las pacientas hablan animadamente unas con otras y se preguntan cuántos meses tiene y si espera hembra o varón. "A mí me da lo mismo, siempre que venga sanito". Otra dice que el de ella, de noche, le patea. Y otra señora que entra en la conversación dirá que el primero de ella, sí, pero que éste. no. "Parece que va a ser tranquilito". Y a la señora ya algo mayor, una joven le pregunta con su sal y su pimienta, si ése es el primero que va a tener. Y ésta, conteniendo la incomodidad que tal indirecta le produce, contestará que no, que tiene cinco más y que el mayor va cumplir veinte años. Siempre he sentido una gran admiración por la mujer que tiene muchos hijos. Y en otro orden de cosas, también por la que en la iglesia se sabe de memoria la música y letra del himno 240. Hay maridos que siempre acompañan a la esposa en su visita al partero. Este tipo de esposo quiere estar al tanto de cómo va todo. Y está loco porque llegue el momento en que el médico le diga que "lo que viene ahí adentro es un toro", para entonces adoptar pose de campeón olímpico, como si él fuera el único que ha producido tamaña proeza. El marido primerizo que acompaña a la mujer en todas sus visitas al partero, suele ser un fuerte candidato a lavar platos, tender las camas y levantarse de noche a darle el biberón al niño. En este país el dentista hace mucho "root canal". Con la inflación que padecemos, un "root canal" puede costar hoy más que lo que costó en sus tiempos hacer el Canal de Panamá, con esclusas y todo. Aquellos tiempos en que el paciente chillaba más que "un eje de carretón sin sebo" por el dolor que sentía en los tratamientos y en los que la extracción de una muela costaba $1.00 con dolor y $5.00 sin dolor (para el dentista) pasaron a la historia. Ahora la gritería la forma el paciente ante el dolor que le produce ver la cuenta. Y para ese dolor si es verdad que no se ha inventado ni se inventará, la anestesia que lo calme...

(11-29-83)

De las Herencias y otras Cosas

Hay quienes pasan la vida trabajando a matarse y acumulando fortuna para el día de mañana con la ilusión de que van a vivir "per secula seculorum", o para dejarla a sus herederos, viuda e hijos, para que estos últimos no pasen el trabajo que él pasó. Quien es así, cuando siente el deseo de tomarse una Coca Cola, decide que tomando agua fría resuelve el problema y se ahorra el costo del referesco. Hay otros, que por el contrario, andan con la carreta delante de los bueyes, debiéndole a "las once mil vírgenes y a cada santo un peso" y están atentos a la próxima canonización que anuncie el Vaticano para agregar el nombre del nuevo santo a la lista de sus acreedores. Los seguidores de esta última teoría sostienen que "hay que vivir el momento" y que, "el que venga atrás que arree". Arguyen que "mira lo que pasó en Cuba". Y aseguran que nadie nunca ha visto ir al camión de la Wells Fargo detrás del carro fúnebre llevando al cementerio la fortuna acumulada por el difunto. Para este tipo, "hay que darse gusto mientras uno viva" pues "es lo único que nos vamos a llevar cuando 'guardemos el carro' y que lo demás es cuento". Y "a mí, que me quiten lo bailao".

De esta clase de persona, cuando muere, nadie espera heredar nada, si acaso, cuentas por pagar, como la del entierro, a la cual todos los allegados tratan de "zafarle el cuerpo". Algún pariente bien cercano se "guillará" e irá al velorio bien entrada la noche, alegando que acaba de enterarse de la novedad y hasta nos pedirá que nos fijemos cómo se eriza nada más que de pensar lo inesperado del caso. Y todo, con la esperanza de que otro pariente ya se haya hecho cargo del muerto. A la viuda de este causante, le dan el pésame de rigor, obligado e intrascendente. Con la viuda del acaudalado, procede el abrazo bien estudiado, que será prolongado, apretado y emocionado, para que perdure más allá del velorio. Y hasta habrá quien se le brinde para cualquier cosa que se le ofrezca. —"No sabe Ud. cuánto se lo agradezco, Don Romualdo, pero ya todo está arreglado". A la viuda de quien dejó fortuna, jamás le faltará compañía, y es poco probable que vaya a parar a un "Nursing Home", porque siempre habrá quien se sacrifique, no por ella, sino por lo que le pueda dejar en el testamento. La viuda del "botarata", se quedará tan sola como el difunto en el cementerio. Esto recuerda en cierta forma a lo que ocurre con algunas abuelas del exilio, recipientes del "cheque dorado". Los nietos la adoran y hasta le hablan en Español, los primeros días del mes, mientras dura lo que recibió del cheque; pero la ignoran y le contestan en Inglés, en la segunda quincena. Amor tipo "cachumbambé" cuya intensidad sube y baja según las disponibilidades de la abuela. Amor filial, en fín, que florece cada día primero de mes con la llegada del cartero y se marchita y vuelve espinas al quedar exhausta la vieja y arrugada carterita de la abuela, quien se quedará solitaria, pensativa y triste, meciéndose en su sillón, tratando de recordar un pasado más feliz y cada vez más lejano y borroso por el efecto de los años transcurridos y por la esclerosis y también esforzándose en vano por entender a una generación que no la comprende a ella, ni hace nada para lograrlo...

(12-1-83)

¿Qué Cosa es la Cosa?

Porque "una cosa es con guitarra y otra cosa es con violín". Cosa, es, posiblemente, la palabra más usada del idioma castellano. La cosa puede ser objetiva y subjetiva, abstracta o concreta. Pero ya sea una cosa o la otra, la cosa es que la cosa, identifica, explica o se aplica, a cualquier cosa.

En relación con esta cosa de la cosa, veamos como pudiera actuar la cosa en la consulta de un galeno a la cual acude un paciente ya bastante entrado en años:

Doctor: Bueno, Ud. dirá, qué cosa le trae por acá.

Paciente: Pues la cosa, Doctor, es que de hace un tiempo a esta parte, al levantarme por las mañanas, siento una cosa rara, vaya, una cosa así como si todas las cosas de la casa me dieran vueltas en la cabeza.

Doctor: ¿Y qué tiempo hace que viene Ud. sientiendo esa cosa?

Paciente: Hará cosa de un mes.

Doctor: Ha tomado Ud. alguna cosa para esa cosa?

Paciente: La verdad, Doctor, es que me han recomendado mil cosas, pero yo no hago caso a las cosas que dice la gente.

Doctor: Bueno, pues en primer término le diré que a mí me gusta ser muy claro en mis cosas. Esa cosa que Ud. está experimentando, es una cosa que suele pasar a las personas de edad avanzada como Ud. y lo peor de la cosa es que para esa cosa, no se ha inventado todavía, ninguna cosa.

Paciente: Doctor, ¿entonces la cosa es seria?

Doctor: No hay dudas que esa cosa requiere atención. Yo le recomendaría tres cosas. La primera cosa, es que tome las cosas con calma. La segunda cosa que le aconsejo, es que no vaya Ud. a hacer cosas disparatadas.

Paciente: ¿Doctor, cosas disparatadas, a mi edad?

Doctor: Bueno, se lo digo por aquello de que "el diablo son las cosas".

Paciente: Doctor, mire que Ud. tiene cosas!

Doctor: La tercera cosa es que quiero que tome esta cosa que le estoy recetando, por una semana. Si en ese lapso Ud. nota que la cosa no mejora, vuelva por acá a ver qué otra cosa podemos indicarle, porque tenemos que evitar que esa cosa degenere en otra cosa porque entonces si que la cosa se pondría más difícil.

Paciente: Muy bien, Doctor. Y ahora quisiera Ud. decirme, ¿cuánto es la cosa?

Doctor. Mire, vaya con mi secretaria que es la que se ocupa de esas cosas.

Paciente dirigiéndose a la secretaria: Señorita, dice el Doctor que me diga Ud. cuánto es la cosa,

Secretaria: Como no, le diré que la cosa, no es cosa del otro mundo. Son solamente $100.00.

Paciente: ¿Qué cosa? ¡Caballero, a donde han llegado las cosas!

Quizás la mejor explicación o aplicación de la cosa, la dió un guajiro de mi tierra cuando al contemplar en la mañana del 3 de Julio de 1933 los estragos que había causado un huracán que azotó Vueltabajo aquella madrugada y que medio destruyó su casa y arrasó con su cosecha, entornando los ojos al cielo, con rostro y pose definitivametne beatíficos, y en un derroche de fé y de resignación pocas veces igualado, se le oyó exclamar:

"Virgen de la Caridad
Tú que eres tan milagrosa,
no dejes poner la cosa
más mala de lo que está!"

(10-83)

Algo sobre la Radio del Exilio

La radio cubana de Miami que comenzó al inicio del exilio con mucho espíritu de sacrificio y muy poco dinero, se ha tornado, aparentemente, en un negocio fabuloso. De aquellos días en que la propaganda radial estaba representada solamente por anuncios de cantinas con lemas en versos, de arroz y frijoles en "special" y de academias de enseñar a manejar, a los tiempos presentes en que abundan los anuncios de empresas nacionales como Libbys, Coca Cola, Procter & Gamble y Colgate Palmolive, etc., los ingresos de las radio-emisoras han experimentado un incremento excepcional. Esto no quiere decir, por supuesto, que no continúen algunos de aquellos viejos anuncios como ése que nos disparan al final de algún número musical romántico y meloso, sustrayéndonos de nuestro ensueño, una voz estridente y apurada, anunciando la bola y el rabo, a $1.50 la libra; o el jarrete y la cañada a $1.70. Hay otros anuncios, inexplicables, como aquel que nos aconseja guardar las etiquetas del producto "tal" para participar en un concurso, haciendo hincapié en que "para participar, no es necesario comprar". Parece que debe uno robarse las etiquetas del "grocery" o pedírselas al vecino. En otro anuncio en que regalan premios al oyente, el agraciado tiene solamente diez minutos y medio para llamar a la emisora y reclamar el obsequio. Imagínense la situación del oyente afortunado que en ese momento se encuentra en menesteres impostergables y no susceptibles de ser interrumpidos o delegados. Uno de los anuncios que más se escuchan en nuestra radio cubana, es el de las funerarias. Y lo interesante del caso es que el anuncio del funerario es el únco anuncio que no está dirigido a quien usa el producto. Los domingos se transmiten muchas audiciones de música antigua y los programas del recuerdo, están a la orden del día. Parece como si el domingo todos los oyentes, de repente, se volvieran viejos, rejuveneciéndose como por arte de magia, cada lunes, con la música de Julio Iglesias, El Puma y los ritmos modernos y alegres de la Miami Sound Machine, Chirino y El Combo de Puerto Rico.

La Zafra del Tabaco

Esta época del año siempre me trae agradables recuerdos del inicio de la zafra de tabaco en mi tierra vueltabajera. Los semilleros se "echaban" el día de la Caridad, septiembre 8. Ya en la menguante de agosto se había comenzado la "rompedura de tierra", usando arados americanos de hierro con reja de vertedera de acero. Pero todavía quedaban algunos vegueros que seguían aferrados al arado criollo, hecho de "palo" con reja también de acero, pero en forma de "puya". Los partidarios de este implemento sostenían que el arado criollo, era mejor, pues sólo removía la tierra, mientras que el arado americano, la "viraba". Había alegría en el ambiente cuando en la madrugada se comenzaba a labrar los campos. Y el olor a hierba y a tierra, a "fragancia" de campiña cubana, era embriagador. Los pájaros y las aves de corral corrían tras el "gañán" que llevaba el arado, buscando afanosas los insectos que quedaban al descubierto. Los "gañanes", mezclando improvisaciones o décimas con increpaciones a las yuntas de bueyes que tiraban de sus repectivos arados, para que apuraran el paso. "Grano de Oro y Perla Fina", "Cabiloso", "Míralo, míralo como se 'arrecuesta' ", "Cabiloso, estás hoy más vago que perro abajo de la carreta, caray!" "Mira que te voy a tocar con limón, Cabiloso"..."Cuando la luna declina, debajo de los mameyes, me pongo a enyugar los bueyes, porque es hora de fagina". -"Grano de Oro" "echa pa'lante Grano de Oro", "Me 'caso' hasta en la que canta y no pone y la que saca y no cría", "Ahora tú vas a ver cómo se baila el son, Azabache!" "Qué te parece Clemente, el bajón que dio Corbata, pero a mí lo que me mata, es que ese buey no tiene diente", "La Rubia pa' Pancho Acosta, Pancho Acosta pa' la Rubia, y se forma una pegosta igualita a la pezrubia".

Algunas semanas después, se araba la tierra de nuevo, o sea, se "cruzaba". Posteriormente se daba un tercer "hierro" hasta que por último, se "levantaba" la tierra que ya quedaba lista para ser surcada. El surcador de tierra era un especialista en la materia. Cada finca tenía el suyo. La yunta de bueyes que usaba para esa labor , tenía también que mostrar ciertas condiciones especiales. Debía ser serena, segura y sobretodo, que "jalara" parejo. Los surcadores llevaban a efecto su labor, a "ojo de buen cubero". Sin medidas prefijadas. Y los surcos quedaban tan rectos y tan simétricos, que diríase que estaban hechos por la mano de Dios. Ya para entonces los semilleros habían pasado por la etapas de a real, y peseta y estaban de a peso, o sea, que la hojita mayor de la postura, tenía el diámetro de un peso plata. En la segunda quincena de octubre se realizaban las siembras "tempranas" y el grueso de dichas siembras se efectuaba en noviembre y primera quincena de diciembre.

    Antes de que las fincas vueltabajeras llegaran a tener los modernos sistemas de regadío con que ya contaban desde hacía años, era de suma importancia pronosticar, antes de sembrar las posturas, cuáles serían los meses '"secos" y los de agua. Esto se "lograba" por un procedimiento "más viejo que andar a pie", que se conocía como el de "tirar las cabañuelas". En mi barrio las tiraba, Anastasio, un viejo guajiro que gozaba de fama de tirarlas con certeza. El procedimiento consistía en poner a la intemperie, en vísperas de San Mateo, Septiembre 21, doce montoncitos de sal identificando cada uno con cada mes del año. Los montoncitos que amanecían secos, significaban, por suspuesto que no llovería en esos meses. Los que estaban húmedos, indicaban que en esos meses llovería normalmente. Y los que se habían "derretido" con el rocío de la noche, pronosticaban que en esos meses iba a llover más que "cuando se le perdió la puerca a Venancio". Por cierto que Anastasio sabía más refranes y dicharachos que los que contiene el Quijote. Ejemplos: "La yagua que está pa'uno, no hay vaca que se la coma", indicando que la suerte de una persona no hay quien la cambie. "No te ocupes, que mientras más lejos se pone el carnero, más grande es el cabezaso"; se lo dijo una vez a su esposa al excusarse ésta porque la comida se le había retrasado. "En la tierra que no hay ropa, cualquier trapo es calzoncillo". "Yo soy más claro que el agua de río en tiempo de seca", "Perro viejo ladra acostado", "Quien no quiera ruido, que no cargue guano seco". Cuando las posturas de tabaco estaban presas a los pocos días de haberlas sembrado, las fincas vueltabajeras se convertían en jardines de color verde claro. Tanto los vegueros como sus empleados cultivaban el tabaco con tal dedicación y esmero, que parecían artífices. Por eso es que lograban, el tabaco más famoso del mundo. Pero se acabó la dedicación y el esmero y el arte. ¡Y se exiló la fama…!

(12-81)

Ya es Navidad en El Encanto

Comenzó el corre-corre de las compras de Navidad. Hay quienes compran en "special" a mediados de año las tarjetas de "Christmas" y los regalitos para intercambiar con parientes y amigos en esta época del año.
Pero la inmensa mayoría, sin tanta precaución y menos tiempo disponible, lo dejamos para la última hora. Además, tiene más sabor a Navidad el hacer las compras en estos días. Que Dadeland y Westland estaban tan concurridos que no se podía dar ni un paso, es parte del drama. Que vimos a fulanita que tal parece que de repente le han caído arriba sesenta años, y que fulanita, que también nos vió comente lo mismo cuando llegue a su casa, es igualmente parte del proceso de ir de "shopping" en "Christmas".
Sacar la cuenta de todas las personas a las que debemos regalarles algo, y comprar hasta donde nos alcance Visa y Master-Card. Llevar los niños a retratarse con Santa para que le entreguen a éste la cartica con sus peticiones. Y Santa, conmovido, les dará un bastoncito blanco y rojo con sabor a menta como intercambio por la foto que nos costó cinco dólares.
Porque la inflación también llegó al Polo Norte y ya el viaje hasta acá no se hace con dos pesetas como antes. El Santa tradicional es gordo y rechoncho y usa espejuelitos con aro dorado. Algunos de los Santa que vemos hoy día parecen estar bajo los efectos de una dieta rigurosa y usan lentes de contacto.
Las "Christmas" aquí no lucirían tales sin los miembros del Salvation Army en la calle sonando la campanilla para solicitar contribuciones para sus súbditos. Labor doblemente meritoria por lo altruísta de su misión y por soportar los uniformes que les ponen. Para que la Navidad de Miami se pareciera siquiera en algo a la de La Habana, haría falta la Marquesa vistiendo sus mejores galas y con maquillaje más subido que de costumbre, prodigando su ingenua y encantadora sonrisa a los transeuntes que encontraba en su peregrinar. La figura quijotesca del Caballero de París deseándonos felices pascuas y los billeteros en enjambre pregonando el número que iba a salir en el premio gordo. Falta también el bode-

guero del barrio invitándonos a una copa de vino o una sidra asturiana cortesía de la casa.

Faltan por último, las olas batiendo fuerte en el muro del malecón que nos bañaban el carro al regresar de compras mientras oíamos en el radio a Barbarito Diez cantando de Eliseo Grenet, "La Mora", con su estribillo "¿Cuándo volverá, Nochebuena, cuándo volverá?"

(12-81)

Nochebuenas Guajiras

Abuela, dice mamá,
que le mande cuatro cocos,
y si le parece pocos,
que le mande cuatro más.
Que ella no viene acá,
porque le da mucha pena,
que le mande una docena,
pa' un dulce que quiere hacer,
y que lo vaya a comer.
el día de Nochebuena.

Sí, dulce de coco con "azuca" prieta, de toronja y naranja agria hecho en la casa en su punto y con rajitas de canela. Eran los postres típicos de nuestra Nochebuena con los buñuelos confeccionados de yuca y boniato y granitos de anís y terminados en forma de número ocho que comíamos con el almíbar de aquellos dulces o con el criollísimo "melao" de caña. De San Antonio a Maisí, se impregnaba el ambiente con el peculiar y estimulante olor a lechón asado, imprescindible aún en los hogares más humildes. En occidente lo asábamos en hoyo y lo tapábamos con yagua y José Isabel, que los asaba como nadie, cuando veía que estaba listo, probaba y nos daba a probar, un "cachito" del pellejito tostado. Y al verificar que el lechón ya podía ser servido, le cantaba así: "Tú te comite la yuca, tú te comite el maí, pero dentro de un ratico te vamo a comer a tí". Había alegría por doquier y aunque no se encendían foquitos multicolores, sí se iluminaban los corazones de los gaujiros, irradiando, espontánea y contagiosamente, el espíritu de la hermandad y la generosidad. Cuando éramos niños, nos parecía que transcurría un siglo de una Navidad a la otra y añorábamos todo el año la llegada de esa fecha. Tal era el impacto agradable y delicioso que dejaba en nosotros. El único momento sentimental que se presentaba esa noche, era cuando el abuelo, como venía haciéndolo por los últimos diez años, anunciaba que quizás fuera aquella la última nochebuena que iba a pasar entre nosotros. Y todos, casi a coro, le contestábamos que se dejara de esas boberías, que había abuelo para rato. Con la primera copa de vino que ingería, el abuelo se incorporaba a la alegría de la noche. Al terminarse la cena, en muchos hogares, con laud, bandurria y güiro, se formaban alegres canturrías a las que acudían otros vecinos y que acababan con el dulce punto cubano cuando los enamorados, como en el son que cantaba Pablo Quevedo, creían que: "había llegado el momento de mostrar su inspiración" ante la joven de la cual estaban prendados.

Otros intercambiaban visitas para saludarse y ver "cómo ha estado la cosa por acá" y comentar cuánto había comido Don Cipriano. En casa del isleño Don Caridad, oriundo de Ermigua, La Gomera, Canarias, se formaba tremendo Guateque, pues era el suyo uno de los pocos hogares que por aquellos años, tenía un radio, que esa noche, ponían a "to'lo que daba". Y para que se oyera lo mejor posible, Don Caridad cuidaba de que se mantuviera siempre abierta la ventana que daba para La Habana, pues según él, así entraba mejor la onda. Don Caridad, que era todo un personaje, se ufanaba en proclamar que su esposa era la mujer más "frondosa" de toda la vecindad, concepto éste que compartíamos los que tuvimos el gusto de conocerla de cerca. Después venía el día de Pascuas, y el que más y el que menos, estrenaba ropa y zapatos. No recuerdo nada comparable al día de Pascuas en la campiña pinareña de entonces. Tapizados los campos como con una alfombra verde interminable, creada por el tabaco que a la sazón ya estaba "pollón". La recuerdo en familia, quieta, serena, bella, feliz. Las celebraciones culminaban con el tradicional baile en la noche de Pascuas.

Tengo un amigo vueltabajero a quien veo poco y estimo mucho, que me visita cada 24 de diciembre e invariablemente me trae a casa, de aquel dulce de coco y de aquellos buñuelos, hechos con devoción criolla, por su bondadosa esposa con receta que aprendió de su abuela. Aunque le expreso cada año con la mayor efusión mi sincero agradecimiento, él nunca sabrá que estimo su gesto hasta el infinito. Porque con su presencia y su presente, me trae también el gratísimo recuerdo de aquellas felices e inolvidables, Nochebuenas guajiras...!

INDICE

	Prólogo	7
1.-	La Banca Moderna	9
2.-	El "Market" Cubano	11
3.-	Las Dietas	13
4.-	Mi Barbero en el Exilio	15
5.-	La Botica de mi Barrio	17
6.-	La Carretera Central	19
7.-	Los Vendedores Ambulantes y sus Pregones	21
8.-	Los Velorios	23
9.-	La Chaperona	25
10.-	La Primavera	27
11.-	El "Income Tax"	29
12.-	Pancho Navaja	31
13.-	Las Bodas	33
14.-	La Guagua	35
15.-	El "Party" Infantil de Cumpleaños	37
16.-	Los Condominios	39
17.-	El "Stadium" del Cerro	41
18.-	Los Bailes de mi Pueblo	43
19.-	Los "Especiales" y las "Especialistas"	45
20.-	Vacaciones y "Hamburgers"	47
21.-	Mangos, pero no del Caney ni de la Torrecilla	49
22.-	Los Ciclones	51
23.-	Comenzaron las Clases	53
24.-	El Manejar y su Influencia	55
25.-	Las Compras a Plazo	57
26.-	Robustiano Barrera, el Vate de El Retiro	59
27.-	El Café del Cura	61
28.-	Los "Week-Ends" Largos	63
29.-	Las Retretas	65
30.-	Las Series Mundiales de "Base Ball"	67
31.-	Las Piqueras	69
32.-	El Inoportuno	71
33.-	House for Sale (Open)	73
34.-	Visitando al Dentista	75
35.-	De las Herencias y Otras Cosas	77
36.-	¿Qué Cosa es la Cosa?	79
37.-	Algo sobre la Radio del Exilio	81
38.-	La Zafra de Tabaco	83
39.-	Ya es Navidad en El Encanto	85
40.-	Nochebuenas Guajiras	87